TRACE　東京駅おもてうら交番・堀北恵平

内藤　了

角川ホラー文庫
23122

目次

【主な登場人物】

堀北《ほりきた》恵平《けっぺい》　丸《まる》の内西《うちにし》署地域総務課地域対策係巡査。長野出身。

平野《ひらの》腎臓《じんぞう》　丸の内西署組織犯罪対策課の駆け出し刑事。

桃田《ももた》　亘《わたる》　丸の内西署の鑑識官。愛称〝ピーチ〟。

ペイさん　東京駅丸の内北口そばで七十年近く靴磨きを続ける職人。

メリーさん　東京駅を寝床にするおばあさんホームレス。

徳兵衛《とくべえ》さん　腕利き板金工のおじいさんホームレス。

柏村《かしむら》敏夫《としお》　『東京駅うら交番』のお巡りさん。

永田《ながた》哲夫《てつお》　柏村の後輩だった刑事。

――嘘つきに与えられる罰は、誰からも信じてもらえなくなることではない。
むしろ彼が誰をも信じられなくなることだ。

『The Quintessence of Ibsenism』ジョージ・バーナード・ショー――

プロローグ

昭和《しょうわ》三十四年秋。

豆腐屋のラッパが遠ざかり、子供たちを夕餉《ゆうげ》に誘う声もいつしか止んで、団らんの気配が軒先に漏れ、東京駅うら交番は深い茜《あかね》色に包まれていた。

その空を、夥《おびただ》しいトンボが飛んでいる。あまりに数が多いので、夕焼け空を染め抜く模様のように思われる。投網《とあみ》のごとく電線に張られた蜘蛛《くも》の巣も黄金に輝いて、妖《あや》しくも美しい世界を描き出している。つがいのトンボが投網に掛かり、けれど力強く抜け出した。柏村敏夫《かしむらとしお》巡査は虫たちの攻防から目を逸《そ》らし、交番の軒下にある赤い電球に明かりを点《とも》した。それから風で入口が閉まらないように、重し代わりの石でドアを押さえた。

隣の電気店からは駆け回る子供たちの足音と笑い声、『いい加減にしなさい！』と怒鳴る奥さんの声が聞こえている。電気店の子供たちは悪戯《いたずら》盛りで、さっきまで交番前の空き地でトンボ捕りをしていた。つかまえたトンボはカゴに入れるのではなく、腹に糸を結んで飛ばせて遊ぶ。『ごはんだよ』と呼ばれると、バッジのように服に留まらせて帰って行った。子供は遊びの天才だ。よもや腰縄で縛られるとは、トンボも思わなかったことだろう。

入口で立番《りつばん》をしていると、電気店との間の路地をサラリーマンが抜けてきて、柏村に会釈しながら去った。ロカビリーブームのせいもあり、長い前髪をポマードで固めて庇《ひさし》のようにみせている。仕事終わりに立ち寄る先はジャズ喫茶。服装もずいぶんオシャレになって経済の躍進を感じる。戦火で焼け野原になってしまったからこそ、都市の再生は順調だ。人間はどこまでも逞《たくま》しい生き物だと思う。

夕暮れの赤が消えるまで立番してから、柏村はようやく交番に入り、狭い台所でお湯を沸かした。そうしておいて机に戻ると、電話帳や地図帳や町内の回覧などを並べた棚から大学ノートを引き出した。執務室の照明は天井にあるので、夜間に書き物をするには手元が暗いが、仕方ない。どこかで犬が鳴いていた。

柏村の交番はコンパクトな造りだ。狭い執務室には柏村の机と住民が持ち寄ったちぐはぐな椅子があるだけで、奥に二畳の宿直室と、小さい流し台にコンロがひとつ。便所は宿直室の奥にあり、外から入る設計だ。

犬の鳴き声が鳴き声を呼び、波紋のように広がりながら遠のいていく。

柏村はノートを開いた。

――昭和三十三年七月二十日
アブラゼミがうるさい日　それ以外は平和な一日
夕方に通り雨　セギが詰まって掃除をする
永田哲夫が小菅に飯岡英喜を訪問したと聞く――

一年以上前に書かれたそのページは、角《すみ》を三角に折ってある。

自分が書いた鉛筆の文字を、柏村の指が丁寧になぞる。

永田《ながた》哲夫《てつお》は柏村が指導をしていた新前《しんまえ》刑事で、飯岡《いいおか》英喜《ひでき》は刑事だった柏村が最後に逮捕した殺人犯だ。銭湯で顔見知りになった少年を誘拐し、幾ばくかの身代金を要求するハガキを送ってきたが、それは殺人の歓喜と興奮からしたことで、身代金など初めからどうでもよかったらしい。家にハガキが届いたころ、少年はすでにバラバラにされて床下でホルマリン漬けになっていたのだ。

逮捕されると、英喜は悪びれもせずにこう言った。

『ついに探し求めていた理想の少年を見つけたんだよ。水槽に入ったあの子は見飽きることがない。生きているときよりいっそう可愛い』と。

そのとき英喜の顔に浮かんだ恍惚《こうこつ》の表情を思い出し、柏村は顔をしかめた。

飯岡英喜逮捕のきっかけは、署に掛かってきた一本の電話であった。当時は他の刑事たちが誘拐事件の捜査で出払っていたため、柏村は電話を受けた永田を連れて現場へ飛んだ。そして血だらけになった部屋の床下で、永田が頭部の入った金魚鉢と、四肢の入った水槽を見つけたのだった。

——永田哲夫が小菅に飯岡英喜を訪問したと聞く——

その情報をメモに残したのは、漠然とした不安を感じたからだ。

永田哲夫は野心家で、自信家で、頑固で融通の利かない性格だった。人は理解できないことに衝撃を受け、不快感や怒りや恐怖を覚えながらも、その衝撃を緩和するために興味を抱くことがある。永田はまさにそれだった。刑事なのに衝撃を受けた自分を許せず、飯岡英喜の犯行に意味を求めた。刑事の世界で見るものはときに常識の範囲を超え、常人の理解は及ばない。受け流すことができればいいが、永田は闇を覗《のぞ》き込み、暗黒の迷路に迷い込んだかに見えた。熱して冷やせばポキリと折れる鋼鉄よりも、風にしなる竹のほうが強いこともあるというのに。

永田くんは、なぜ飯岡英喜に会いに行ったのだろう。

柏村は別のノートも引き出した。

それはこの夏に記録した分で、何枚かのページの角がやはり三角に折ってある。

——昭和三十四年七月五日

永田くんが失踪《しっそう》したと野上《のがみ》警察署から入電

下宿の畳に大量の血痕《けっこん》　万年床で隠してあった

財布や警察手帳等貴重品ほか日用品など　紛失したものはないと大家の弁

衣服も確認　寝間着など軽装の時に襲われて拉致《らち》されたか

部屋のカーテンがなくなっている　血液の量からして生存は絶望的か

永田くんが追っていた事件を調べる——

刑事になったばかりの永田は、憧《あこが》れだった仕事に対してギラギラした情熱を持て余していた。その情熱は諸刃《もろは》の剣《つるぎ》だ。上手《うま》く作用する分にはいいが、空回りすれば自身だけでなく同僚や市民の命も危険にさらす。臆病《おくびょう》なら尻《しり》を叩《たた》けばいいが、自信家の場合は注意が必要だ。

だから少年誘拐事件が持ち上がったとき、柏村は永田を敢《あ》えて留守番に残した。刑事のなんたるかを知らないまま現場へ行かせて暴走すれば、少年の命に関わると思ったからだが、少年はすでに殺されていた。

「ふう」

と、柏村は目頭を揉《も》んだ。

そして事件は起きてしまった。永田自身の身の上に。

永田失踪事件は、彼が配属先の野上署を無断欠勤したことで発覚した。

心配した同僚が下宿を訪ね、部屋で大量の血痕を見つけたのだ。彼を指導していた柏村にも野上署から応援要請が来て、柏村は現場へ駆けつけた。

そしてノートに記したとおりの光景を見たのだ。

「永田くんは何か危険な事件を追っていたのかね？」

柏村が訊《き》くと、元同僚の刑事は言った。

「いやあ……そんなことはないですよ。署内は最近平和でね。自転車泥棒とか痴漢とか、痴話喧嘩《げんか》の仲裁とかね、せいぜいそんな話ばっかりだったから、永田はむしろ退屈していたんじゃないですか」

「きみたちには話さなくとも、独自に追っていた事件があったんじゃないのか」

元同僚たちは顔を見合わせ、首をすくめて、思い当たることはないと言った。

「永田くんは手柄を立てたいタイプだったよな？」

すると一人がこう言った。

「柏村の親父《おや》っさんがいた頃とは、ちょっと違ってきてましたがね」

「どういうことかね」

「永田も張り切りすぎて疲れたんじゃないですか？　最近じゃ、すっかり脂が抜けきってましたよ」

「そうなのか？　ほんとうに？」

ギロリと後輩らを見たが、嘘を言っているふうでもない。

刑事は手柄を焦るあまり一匹狼になりがちだが、永田は特にそうだった。それが脂の抜けたようになったと聞いて、柏村は耳を疑った。

若い独身男性の部屋は、あまりにきれいに片付いていた。下世話な興味を窺《うかが》わせる雑誌や広告の類《たぐ》いもなくて、書棚は大学の図書室のよう、服はハンガーに掛けてあり、下着類は畳んで箪笥《たんす》にしまわれて、文机《ふづくえ》の上は整理されて何もなく、灰皿に煙草の吸い殻が山になっているのに読みかけの本や新聞もなく、ゴミ箱の中は空だった。

下宿の大家の話では、少し前に永田は部屋の大掃除をして、古本や古着やゴミを燃やしていたということだった。

「そんときこれをもらったんだよ」

と、大家が見せてくれたのは、団扇《うちわ》が二本、縞《しま》入りのサスペンダー、雑誌が数冊、どこかの土産のこけしがひとつ、パイルがほどけたタオル一本だった。

「大掃除してたから、署の転勤が決まったか、それともコレが――」

と、小指を一本立ててみせ、

「――部屋に遊びに来るのかなって、そう思ってたけど、違ったね」

刑事である点からしても永田はありがたい下宿人だったと大家は言った。

部屋は布団が乱雑に踏みしだかれていた。整理整頓《せいとん》が行き届いた部屋で布団だけが斜めになって、敷き布団のシーツは皺《しわ》が寄り、掛け布団は畳の上に丸まっていた。窓に掛かっていたはずのカーテンは消え、文机の上に血が飛んでいた。

同僚が布団をどかすと、血を吸って真っ黒になった畳が現れた。血液は布団の裏にも染みていたから、犯行直後に布団で隠したことになる。そうなると犯人は一人ではないのかもしれない。畳には体を引きずった跡もあり、掛け布団が上に載せられていた。流れた血は大量で、永田と同じA型だった。これだけ出血したのなら、生存は絶望的だろう。そしておそらくカーテンは、死体を包むのに使われたのだ。

柏村は大家との会話を思い出す。

「変わった様子？　いや……特にはなかったけどさ」

七十代の大家は小柄な寡夫で、毛のない頭のかたちが四角ばっていた。メガネをかけて肌艶《つや》はよく、肌着にステテコ姿であった。縁側に胡坐《あぐら》をかいて脛《すね》をボリボリ掻きながら、永田にもらった団扇を動かした。

「でもさ、あれだよ。永田くんは煙草の吸いすぎで顔色が悪かったよ。俺も煙草はやるけどさ、ありゃ吸い過ぎだなあ、いけねえよ」

頻繁に下宿を訪ねてくる人物はいなかったと言う。それどころか友人を連れて来たのを見たこともない。たまには将棋でも指そうと誘っても、喜んで相手をするふうもない。問題は一切起こさなかったけど、愛想は悪かった。

それは柏村が知る永田という男そのものだった。

「あれなんだよな。自分はなにか、インテリで特別な人間だと思っていたんじゃないのかねえ。永田くんと話していると、時々さ、ほら、なんてったかな、難しい……そうそう、慇懃《いんぎん》無礼という言葉を思い出したよ。一度、酒を飲ませたことがあったんだけどね、これっぽっちも乱れないんだよ。下宿人は何人もいたけど、大抵は酒飲んで酔っ払えば本性が出るし、そうでなくとも打ち解けるだろ？　そういうところがなかったからさ……本人にその気はなくても誰かに怨《うら》みを買ったとか、そういうことがあったんじゃないのかねえ」

　永田が失踪した日の夜は親戚《しんせき》の通夜に出ていて留守だった。帰っても下宿人の部屋を覗いたりしない。永田は刑事で、張り込みの後は一日中カーテンも開けずに寝ていたし、帰ってこない日もあったから、詮索《せんさく》なんかしないんだよと。

　その後に思い出したことがあるのではないかと、再度下宿を訪ねてみると、永田の部屋はすでにきれいに片付いて、血を吸った畳が家の裏手に立てかけてあった。気持ちが悪いから血を乾かしてから燃やしてしまうつもりだと大家は言って、笑っていた。永田の部屋は次の下宿人が決まったという。

　ブリキの焼ける臭いが鼻先をかすめ、柏村は慌てて席を立った。湯を沸かしていたことをすっかり忘れていたのだ。宿直室に湯気が回って、ヤカンは穴が開く寸前だった。

「こりゃしまった」

と、ガスを止めてヤカンを外す。

研ぎ出しの流し台にヤカンを置くと、ジュッと音がした。

永田くんは飯岡英喜を訪ねて何を話した？

柏村は英喜に会ってみようと決めた。そうすれば、永田が何を考えていたかわかるかもしれない。おそらく永田の遺体は見つかるまい。そして遺体が見つからなければ、犯人も真相も闇に葬られてしまうのだ。

あれから何年経ったと思う？

と、柏村は自分に訊いた。それなのに、またこんな事件が起きるとは。

ヤカンに水を入れるのも忘れて柏村は、自分の脳裏に浮かぶ想いを見ていた。

永田の失踪《しっそう》とそっくりな事件を知っている。長いことそれを追いかけてきた。痕跡《こんせき》はあっても死体が出ない。痕跡も死体も両方出ないこともある。犯人はいない、事件にならない、死体もないのに犠牲者はいる。そのことだけは間違いない。

「……和則《かずのり》」

と、柏村は養子にもらった息子を呼んだ。

その息子もまた永田同様に失踪していた。

柏村自身は殺害を疑っているのだが、事件にすらなってはいない。息子が失踪したときも、アパートに残されていたのは折れた歯と血痕《けっこん》だけだったのだ。

東京拘置所の面会室には、真新しい照明がついていた。殺風景で無機質な部屋は、照明が明るくなった分だけ、『陰気』から『暗い』に格上げされたなと思う。けれども刑務官が飯岡英喜を連れて入ってくると、空間はたちまち湿気を帯びた。それはまるで受刑者本人が鬱々《うつうつ》とした邪気を醸し出しているかのようだった。

英喜は肩を落として俯《うつむ》いたまま、柏村を見もせず椅子に座った。誰が何の目的で面会に来たかに興味はなく、その他のことにも一切興味がないというふうだ。

収監者と面会人はガラスの壁で隔てられていて、座った胸の高さあたりに申し訳程度の台がある。台に肘《ひじ》を載せると他の面会人の皮脂でぬめっていたので、柏村は袖《そで》を引っ張って手首まで隠し、肌が直接台に触れないようにして指を組んだ。天井の照明がジジジと鳴って、部屋の隅で記録を取る刑務官の背中を照らしている。

「飯岡英喜くん。私のことを覚えているかね？」

訊《き》くと英喜は上目遣いに柏村を見たが、覚えているとも覚えていないとも答えなかった。柏村は「ふむ」と、頷《うなず》いた。

「私は柏村といって、野上警察署で刑事をしていた。主治医の先生に呼ばれて、きみの部屋へ入った刑事は私だよ。あのときはもう一人、若い刑事が一緒にきみの家へ行ったんだ。そして部屋の畳を上げて、床下のアレを見つけたんだよ」

英喜の口元がニヤリと笑う。アレのことを思い出し、愛《め》でるかのような表情だ。柏村は胸のあたりがムカムカしたが、努めて冷静を装った。

「あのときの刑事がきみを訪ねてきたはずだ。彼とはどんな話をしたのかな」

反応しないのでもう一度訊いた。

「永田くんはここへ何を訊きに来たんだろう。教えてくれないか」

英喜は微《かす》かに唇を動かした。

喋《しゃべ》ろうとしてできないのではなく、ブツブツと自分自身に呟《つぶや》いている。

「その刑事のことを覚えているかね？」

柏村は、かすかに英喜が頷いたように思った。

「では、やっぱり面会に来たんだね？　どんな話をしたのだろう」

相手がスーッと顔を上げる。

ガラス越しの正面に、柏村は初めて英喜の顔を見た。柏村が見たというよりも、英喜が柏村を見たのであった。飯岡英喜は細面でそれなりに整った顔をしている。けれどその表情は独特で、思慮のなさと薄気味悪さが混在していた。死人のように青白く、覇気がなく、唇はひび割れて、目の下に隈《くま》ができている。

彼の奇行は思春期以降に始まったと聞く。最初は野良猫を拾ってきて可愛がっていたが、やがて数が増えていき、可愛さ余って舐《な》めたり噛《か》んだり虐《いじ》めたりしているうちに、殺して食べるようになったのだという。親たちは驚いて彼を病院へ連れて行ったが、状況が変わることはなく、ついには母親のほうが精神を病んでしまった。そして母親の主治医が入院を勧めに自宅へ来て、事件の通報者になったのだ。

英喜の瞳《ひとみ》は凪《な》いでいた。柏村はその目から何の感情も読み取れなかった。

ジジジ……と照明が静かに鳴って、不意に英喜が口を開いた。

「刑事さんは聞きに来たんだ。あのときどんな感じがしたか」

柏村は眉根《まゆね》を寄せた。

「あのときとは？」

凪いでいた英喜の瞳に光が宿る。油を塗ったように眼球が濡《ぬ》れてテラテラしている。

青白い頬に赤みが差して、彼は嬉《うれ》しそうに唇を舐めた。

「ぼくがあの子を殺したときだよ。刑事さんは、なぜそんなことをしたのかと訊いたんだ」

柏村も訊く。

「なぜそんなことをしたんだね」

英喜は不思議そうに眉をひそめた。本当にわからないのかと問う顔だ。

「殺したいほど可愛いからだよ。でも、殺すつもりはなかった。初めはね」

「じゃあ、なぜ殺したのかね」

「だって……」

と、英喜は視線を逸《そ》らして静かに言った。

「言うことをきかないから。服を脱がそうとしたら暴れたんだよ。理想の少年だったのに、言う通りにしないんだから仕方ない……」

彼は中空に目を向けて、陶酔するような表情をした。

「死んであの子は完璧《かんぺき》になった。おとなしくなって、生きているときよりずっと可愛くなった」

柏村はそれを聞かされたときの永田の驚愕《きょうがく》ぶりがわかる気がした。

飯岡英喜は別の世界に生きている。永田はそれを自分の世界の価値観で理解しようとしたのだ。そしてまともに毒を喰《くら》った。

「それを聞いて刑事はどうしたね？」

英喜は横目でチラリと柏村を睨《にら》んだ。こんな素晴らしい話をしている最中に、水を差すなと言うように。

「どんな感じか、細かく丁寧に教えてあげたよ。ぼくがあの子をどうやってバラバラにして、水槽に入れたか。手と足を切って、首を……」

「そうか。わかった」

柏村は吐き捨てた。知らずに語気が鋭くなって、顔に嫌悪感が貼り付いた。

それに気付くと英喜は不思議そうに首を傾げた。

「みんなぼくを異常と言うけど、あなただってそうでしょう？　あの刑事さんも同じだよ。かわいい子を見つけたら、誰だって自分のものにしたくなる。それが普通だ。みんな認めるのが怖いだけなんだ」

英喜は柏村から目を逸らさない。もはや無表情でもなければ死んだような顔もしていない。内面に興奮がギラギラと滾《たぎ》っているのを感じて、外に出せば何度でも同じことを繰り返すだろうと柏村は思った。技巧を凝らし、見つかりにくい工夫をして、独自の世界感を持ったまま、市井の人々と同じ世界に存在し続けることだろう。

柏村は居心地の悪さと不快さを感じ、同時にそのときの永田の気持ちを慮《おもんぱか》った。殺人者が刑事に向かって『おまえも同じだろう』と言う。同じ状態になったら同じことをするはずだと、疑いもなく言い切っている。

柏村は怒りを抱いて拘置所を出た。

空を分割する電線を、アキアカネが悠々と超えていく。

板塀とドブの臭いを嗅《か》ぎながら、柏村は拘置所の前の通りを歩いた。

垣根の上から突き出す枝に青柿が実って、細工物のような分厚い葉っぱに午後の日射しが照り返っている。

和則の母親は春をひさいで生きていた。

不健康な商売だし、息子もいるのだからと諭して何度も他の仕事を世話したが、しばらくするとまた新しいヒモに捕まって、戻ってしまう。ひねくれたところのない女だったが、流されやすい性格で、あまりにも脆《もろ》かった。最後に逮捕したのは窃盗罪で、彼女は淋病《りんびょう》に冒されてヒモに捨てられ、売春もできずに、部屋で和則が飢えていた。かずのりー……かずのりー……うわごとのように繰り返しながら留置場へ引かれていく彼女に、子供のことは心配するなと告げた。

それが言葉を交わした最後で、母親はひと月足らずで帰らぬ人となった。

逮捕した売春婦のなかに子持ちの女は何人もいたのに、なぜ、和則だけを手元に置いたかわからない。身重の妻に頭を下げて五歳の子供を引き取った行為は、衝動に近いものだった。

群れ飛ぶトンボの一匹が帽子に止まる。柏村は、うろこ雲が浮かぶ空を仰いだ。

あのとき俺は怒っていたのかもしれない。着の身着のまま放り出された戦後の婦女子や戦災孤児の有り様に、俺は激しく怒っていたのだ。食っていくのに必死な時代だ。子供を抱えて放り出された女たちが生きていくには、他にどうしろというのだろう。取り締まる側の者たちだって、みな複雑な思いを抱えていた。他人に寄り添う余裕もなくて、優しさひとつ分けてやれずに、母親は死に、子供たちは路頭に迷った。

そして結局、なにもできずに終わった。

――みんなぼくを異常と言うけど……認めるのが怖いだけなんだ――

英喜の言葉が脳裏を過《よ》ぎる。

柏村は足を止め、地面に向かって溜息《ためいき》を吐いた。

人一人にできることなんて、たかが知れているなと思い、では諦《あきら》めるのかと自分を叱った。おまえは警察官ではないか。望んで公僕となったのではないか。

死んでいった女たちを思い出せ。拠《よ》り所を喪《うしな》って道端に放り出された子供らを想え。

和則はどこへ消えたのか。消えたのは和則だけではなかったはずだ。

死体はどうして見つからない？　和則が訴えていた声を聞け。

父さん、とんでもないことが起きてるんだよ。父さん、父さんは刑事でしょ？

帽子の縁からトンボが飛び立つ。

柏村はポケットに手を突っ込んで捜査手帳を取り出した。飯岡英喜の事件直後に起きた警察官バラバラ殺人は、永田が功名を焦りそうな事件であった。けれども事件を知った永田の様子は『脂が抜けきっていた』と野上警察署の同僚は言う。

独自捜査に踏み出して事件に巻き込まれたと思うのは早計か。いや、永田のことだから、むしろ抜け駆けしようと気のない素振りをしたかもしれない。

永田はなぜ英喜と面会したのか。警察官の事件と共通するのは、被害者がバラバラにされたことだけである。少年殺害事件と警察官殺害事件が見えない線でひとつにつながっているなんてことが、ありうるだろうか。

「ふむ」

と、柏村は呟《つぶや》いた。そして老舗《しにせ》のパン屋『喜福堂《きふくどう》』に寄ると、あんパンをいくつも買い込んでから、かつて刑事をしていた野上警察署へと赴いた。

野上警察署前の通りでは、今日も子供たちが遊んでいる。柏村が刑事をしていた頃と変わらぬ光景だ。野上警察署の管轄区内は比較的平穏で、凶悪事件が頻発するようなこともなく、所轄内で起きた凶悪事件は飯岡英喜の少年誘拐殺人が最後で、その後も穏やかな日々が続いていた。警察官バラバラ殺人の捜査本部が立ったのは日本橋《にほんばし》署で、野上署は応援要請に駆り出されただけである。

ふらりと署内に入っていくと、刑事時代に見知った職員が柏村に気付いて笑顔を向けた。

「ああ、これはどうも柏村さん。お元気でしたか」

「おかげさまでこのとおり」

帽子をちょいと持ち上げて刑事部屋へと向かう。永田が血痕《けっこん》を残して失踪《しっそう》してから、野上署には『永田刑事捜索班』が立ち上がっているのだ。

さほど広くない部屋に机を連ねた刑事部屋へ入って行くと、捜査員たちの煙草で空気が白く濁っていた。同僚が事件に巻き込まれたことを知り、仲間たちは血眼になって行方を追い続けている。

「お邪魔するよ」

ひと声掛けて部屋に入ると、神棚の下に陣取っていた課長が顔を上げ、

「親父《おや》っさんじゃないか」

と、立ち上がる。柏村は刑事たちの間を縫って課長の前へ行き、あんパンの袋を机に置いた。

「巣《す》鴨《がも》に寄ったんで陣中見舞いを持ってきた」

「なんですか？」

「喜福堂のあんパンだよ。食べて英気を養ってくれ」

「そりゃすごい」

と、課長は言って、すぐさま下っ端《ぱ》刑事を手招いた。

「親父っさんの差し入れだ。食べて気合いを入れてくれとさ」

一同が口々に礼を言う。礼より先にパンの袋を開ける者もいる。場の雰囲気が一気に和み、柏村は恐縮して手を挙げた。そうしておいて課長には、

「ちょっといいかな」

と、出口を指した。刑事部屋の応接は書類が山になっていて、密談できる場所などない。柏村と課長は部屋を出て、警察署の裏庭にある井戸の近くで立ち話をした。

「どうかね？ 永田くんの事件はその後」

訊《き》くと課長は煙草を咥《くわ》えた。

「まったく何も進展がない。ないない尽くしとはこのことだ」

俯《うつむ》いて煙草に火を点《つ》け、深く吸い込んで空中に煙を吐いた。マッチは足下に捨てている。

「実家に電報を打ったら永田の兄貴が駆けつけてきたが、何を訊かれても、こっちには答えがなくて辛《つら》かった。永田があんな目に遭う心当たりもなければ、うちで追ってた事件もないんだ。不穏な噂も、いい噂もない。参りましたわ」

「そうか……目撃者もいないのか」

「さっぱりね」

と、課長は言った。

「ときに永田くんだが、日本橋川の警察官バラバラ事件では脂気が抜けたみたいな様子だったそうだね」

柏村が訊くと、課長は宙を見上げたままで、

「あれもなあ」

と、静かに言った。

「あっちも進展がないらしいねえ……日本の警察は優秀なはずが、いったいどうしちまったのか。被害者だって警察官になったばかりで、誰かに恨まれるような仕事をしてたわけじゃなし、そもそも失踪時に見かけた者すらいないってんだから……俺がち

ょいと思うのは……」

課長は煙草を落とさぬように歯で噛《か》むと、上着の内ポケットから手帳を出した。小指の先を唇の隙間で湿らせてから、小口がよれよれになった手帳をめくる。

「なんかの事件に、たまたま巻き込まれたんじゃねえのかなってことくらいだよ。ケンカの仲裁に入ったとかさ、人さらいを止めようとして刺されたとか……あ、そういえば」

課長は柏村に目を向けて、長くなった煙草の灰を地面に落とした。

「警察官バラバラ事件のころは、うちの署も動員がかかっていてね、そのときは永田もやる気満々だったんですが」

柏村は眉根《まゆね》を寄せた。

「そうだったかね？　何か事件があったかな」

「いや、それが結局、人騒がせな話でね。夜学に行ってる女生徒が帰って来ないって話でしたが、蓋《ふた》を開けてみればなんのこたぁない、男と一緒だったんですよ。親はそんなことも知らねえから、自分の娘は真面目で男っ気もないと思い込んで大騒ぎして、だからこっちも誘拐か強姦《ごうかん》かと思ったんだが、知らぬは親ばかりなりってね。本人はケソケソと見つかったって話です」

「ふむ。大がかりな捜査だったのかね」

「まあ一応、夜中でも連絡が取れる者は行かせましたよ」

「どこの要請だね」

「中野《なかの》署でしたね。仕事帰りに夜学へ行くので、中野駅を使ってたようで。あそこは北口に繁華街もあるし、映画館もあったりで、チンピラや若者の出入りが多い。かといって少し離れれば暗いから、親が心配したのも無理ないけども」

「日本橋署にも要請がいったんだろうかね」

「どうかな……いったかもしれないが。どうしてです？」

柏村は腕組みをして首を捻《ひね》った。

「日本橋川の事件だが、被害者は警察官で、非番だったね？　警察官になったばかりの若者ならば、女生徒が行方不明になったと聞いて捜しに出ても不思議はないと思ってね」

「まあそうだ。真面目な青年だったというし、永田だって真っ先に現場へ飛んで行ったくらいだし……それが当の本人は男といちゃついていたというんだから、親もいい面の皮だが……でもそれがバラバラ事件とつながるものかな」

訊かれて柏村も苦笑した。

「たしかにわからん尽くしだな」

課長は煙草を地面に捨てると、靴で踏んで火を消した。足下を見たまま柏村に言う。

「親父っさんも変わらんなあ。交番勤務で毒気を抜かれたと思ってましたが」

「抜かれたさ。毒気なんてどこにもないよ」

「じゃ、なんです？」

と、課長はやや敵意のこもった目を柏村に向けた。

「永田の事件を傍《はた》から眺めているだけじゃ不満ですかい？　俺たちには任せておけないってことですか」

「いやいや、そういうわけじゃない。きみらを責めに来たんじゃないよ」

「かもしれませんが、現場を離れた刑事が陣中見舞いに来るなんざ、暗にそう言われているようでねえ……俺はまた、あんパン以外に手土産があるのかと」

「そうじゃないんだ……いや、すまない」

言葉を切って柏村は（じゃあ、なんなんだ？）と自分に問うた。

「いや、悪かった。課長を叱咤《しった》激励しようとか、そういうつもりは全くなかった。ただ永田くんの失踪《しっそう》の仕方が気になっただけなんだが……言われてみればその通りだな。どうか嫌味に思わんでくれ」

「どこが気になったんです？」

課長はいくらか表情を和らげて訊いた。

「何の手がかりもないところさ。見つかったのが血痕《けっこん》だけで、争う声を聞いた者もない。死体も出ていない。理由もわからん……老いぼれの戯《ざ》れ言と取られても仕方がないが、どうしてもね、思い出してしまうのだよ」

「……養子に迎えた息子さんのことですか」

課長はもう一本煙草を咥え、柏村にも勧めてきた。

同じマッチで煙草に火を点け、空に煙を吐きながら、

「あれからどれだけ経ちましたかね」と問う。

「当時の駆け出し刑事が課長に昇進するくらいには時間が経ったさ」

「そうですねえ。あの当時、俺はまだ刑事ですらなかったですよ」

「誰だってそうさ」

と、柏村も言って煙を吸った。肺のあたりがきゅーっと痛んだ。

「息子さんが消えたのに、身代金の要求もなければ、目撃者もいませんでしたね」

「和則は生い立ちが不幸だったからか、人付き合いが苦手でね。ほかの兄弟と分け隔てしたつもりはないが、向こうには遠慮があったのかもしれん」

「交友関係すら追えなかったんでしたねえ。見つかったのは歯と血痕だけで……確かにそこは永田の事件と似通っていますね」

柏村は「うむ」と、頷《うなず》いた。

「つい和則の事件と重ねてしまってね。永田くんのことが気にかかるのだよ。人ひとり消えたのに情報がないなんて、そんなことはあり得ないんだ。それに永田くんとは相棒だったわけだから、図らずも最初にあんな事件を担当させたことを悔やんでもいる……今日巣鴨に行ったのも、東京拘置所へ飯岡英喜を訪ねたからなんだ」

「飯岡って、あの飯岡ですか？　永田となにか関係が？」

「それを疑ったから行ってきたのさ。空振りだったがね」

役に立てなくて済まんなと、柏村は課長に頭を下げた。

課長は柏村から視線を逸《そ》らして、吸いかけの煙草を踏み潰《つぶ》した。

その様子から柏村は、捜査が行き詰まっているのだろうと思った。課長の気持ちはよくわかる。日本橋署では新前の警察官がバラバラ死体で発見されて、そちらの捜査が停滞しているうちに、野上署でも刑事が失踪したとは。本庁の叱責もあって警官たちはピリピリしている。中間管理職は辛かろう。柏村はもう何も言わずに、課長の腕をポンと叩《たた》いた。それから帽子を目深に被《かぶ》って、野上署を後にした。出るときは刑事部屋を通らずに、庭を回って外へ行く。

自分はすでに刑事ではなく、東京駅うら交番の巡査に過ぎない。せめて差し入れが後輩たちの力になってくれればいいと考えながら、第一線で事件を追っていた頃の気概を懐かしく思い出していた。

柏村はその足で中野駅へ向かった。

駅の北側は昭和七年に大通りの拡張工事が済んで商店街になり、買い物客で賑《にぎ》わっているが、反対側は牧場や畑などが広がる土地に区営団地などが建ち始めているところであった。行方不明になった女生徒は夜学の帰りだったのだから、繁華街ではなく住宅地のある側の改札を通ったはずだ。

電車を降りる人の大半は意気揚々と北口へ向かうが、柏村は敢《あ》えて南口の改札を通って外へ出た。その先は車が通れる道であり、道の向こうに土産物屋と食堂と床屋が軒を連ねている。道路を横断し、饅頭《まんじゅう》を売る店の前を通ってしばらく歩くと、やがて建物の並びが切れて、先に畑が広がっていた。

とても長閑《のどか》な風景だ。畑の中を通る道は地面よりも少し高くて、一本柱に電球を下げた街灯が、ぽつり、ぽつりと立っている。夜学帰りの女生徒が通うには暗くて物騒な道とも言える。畑の手前に樹木がこんもり茂った場所があり、公園になっているようだった。消えた女生徒を捜すとして、自分ならば公園へ向かう。

柏村はそちらへ歩き始めた。

若い女性でも繁華街にいるなら緊急性は感じないが、暗闇に連れ込まれたとすれば一刻を争う。自分は永田にそう教えたし、警察官なら同じように考えるだろう。

近付いてみると、そこは自然林を整備しただけの公園だった。新たに築山《つきやま》を造って樹木を植えたわけでなく、雑木林の一部を伐採して空間を造り、ベンチや水飲み場を備えてある。お世辞にも手入れが行き届いているとは言えず、下草が茂って薄暗い。アベックが人目を忍んでやって来るにはいいが、出歯亀《でばがめ》や痴漢も出そうであった。敷地は柵《さく》で囲まれており、柵の下には用水路が流れていた。

柏村は公園の端まで行くと、柵に寄りかかって景色を眺めた。

このあたりは畑ばかりだ。誰かが暴漢に襲われたとして、悲鳴を上げても聞き咎《とが》める者はいそうにない。振り返れば林で視界も悪い。畑の中に小屋があったが、人が住むようなものではなく、農作業小屋と思われた。畑の奥には家々が見え、そこから先が住宅地としてひらけている。このあたりだけがスッポリと寂しい空間になっているのだ。

柏村は公園を出て農作業小屋へ向かった。

歩きながら何度も振り返ってみる。

公園自体は木に包まれているので人影があっても見えないが、逆に公園からは視界がひらけて、畑の様子はよくわかる。

「ふむ」

と、柏村は呟《つぶや》いた。永田が事件に巻き込まれたとして、突発的な事案が起きた可能性があるのは警察官バラバラ殺人事件だろう。その夜、永田は行方不明の女生徒を捜していて、偶然にも警察官の殺害事件を目撃したのではなかろうか。そのときは事件と思わなかったが、後に死体が見つかったことで目撃した光景の意味を知り、独自の捜査を進めるうちに犯人から襲撃されたとか。

永田の下宿で目にした光景を思い出してみる。

周囲に知られることなく永田くんを襲撃し、おそらくは殺害し、部屋のカーテンに包んで運び出したとして、一人の犯行とは思われない。畳には遺体を引きずった跡があったが、長い距離ではなかったし、部屋の外には血痕がなかったから、短時間で包んで、持ち上げて運び出したのだ。となれば最低二人、しかも手馴《てな》れた者の犯行だろう。ならばどうして下宿を見張る不審者の目撃情報もないのだろうか。

「なぜなんだ」

自分の顎《あご》に指を置き、顎の先をねじりながら呟いた。

人間が罪を犯して痕跡《こんせき》がないなどあり得ない。必ず誰かが見ているし、犯行現場に合理的な痕跡が残るはず。永田を襲撃しようとする者がいて、周囲の目に触れないほど用心をしていたのなら、なぜ下宿で彼を襲ったか。なぜ大量の血痕を残すような殺し方をしたのか。犯人はなぜ遺体を運び出したのか。

誰の目にも触れることなくそれをできたのはなぜか。

素人ではない。プロの仕業だ。人の死に慣れた者。死人をよく知っている者。それは誰か。その者を永田が見かけた可能性はあるのだろうか。

柏村は再度周囲を見渡した。

ここではなく駅の北口だっただろうか。いや、違う。人混みの中で、もし、永田が被害者の警察官を見かけても、彼の顔すら知らない永田が即座にバラバラ事件と結びつけて考えるはずはない。とすればやはりこの辺だろうか。同じ夜に永田と非番の警察官が女生徒を捜しに来ていたとして、何かを目撃する可能性があるのは公園か、

「……あの小屋か」

と、柏村は呟いた。

それは畑の中にポツンと立つ粗末な農作業小屋だ。軒下に板きれやパイプや肥料が置かれて、現役で使われている小屋だとわかる。柏村は小屋に近付いて、そっと戸を開けてみた。

埃《ほこり》と藁《わら》の匂いがした。板壁の隙間から外の光が差し込んで、筋状になった光線に埃がキラキラ光っている。暗さに目が慣れてくると、農具や筵《むしろ》や肥料など内部の様子も見えてきた。狭いがきれいに整頓《せいとん》されて、肥料や農薬の空き袋が二つ折りして重ねてある。戸を入ったところが作業用の空間で、二人程度なら潜んでいられそうだった。

柏村は天井の梁《はり》を見上げた。犯罪の臭いを探したが、小屋自体が簡素な造りで梁は細く、人をぶら下げたりできそうもない。床もなく地面が剥《む》き出しで、錆《さ》びた草刈り鎌の脇に泥だらけの長靴が揃えてあった。

戸を閉めて、小屋の周囲を歩いて回る。すると、靴底が固い物を踏みつけた。屈《かが》んで草を分けてみると、土にめり込むようにして緑色のビー玉が落ちていた。小屋の主《あるじ》に子供がいるのか、近所の子供たちの遊び場になっているのだろう。

柏村はガラス玉をほじくり出して指で拭《ふ》き、小屋の正面まで戻ってから、それを戸口にコロンと置いた。またブラブラと歩き出す。農道を先まで行くと、手すりもない橋の下を公園から続く用水路が通っていた。川幅のある用水路は、護岸に生い茂る秋草の中に屈んで草を刈る人がいた。柏村は土手の上から声を掛けてみた。

「やあ、どうも。精が出ますな」

帽子を持ち上げて会釈すると、丈高く茂ったヨモギの叢《くさむら》で、手ぬぐいをほっかむりした中年男が振り向いた。なかなかに肥えていて腰を曲げるのも大儀そうだ。

「ああ、どうも。ここいらじゃ見ない顔だな」

男はほっかむりを外すと自分の脚に叩きつけ、ゴミを落として汗を拭《ぬぐ》った。ヨモギの花や枯れ草が体中にくっついている。柏村は中程まで土手を下り、煙草を出して、

「一服どうです？」

と、誘ってみた。

柏村自身は愛煙家ではないが、刑事時代の経験から、聞き込みに煙草を使うと効果的であるのは知っている。中年男は草刈りを止め、土手を上がって柏村のそばへ来た。

両切りでフィルターのない煙草を一本取り出すと、箱に打ち付けて葉を沈ませて、端をつぶして相手に渡す。男は手刀を切ってそれを取り、

「ゴールデンバットだね。高いのよりもこれが旨《うま》いね」

と言った。咥《くわ》えたので火を点《つ》けてやる。

「いろんな煙草の余ったとこをさ、まとめて交ぜて作るんだってさ。だからどんな高

級煙草よりいい味なんだと聞いてるよ」

　煙を吐きながら言うので、

「なるほど。それでいて安いんですからなあ」

　と、同調してみせる。

「うちは婆さんの郷里が山なんで、煙草の畑をやってるんだよ。あれだね、いくら煙草の葉といってもさ、そのまま吸っても旨くないよね。不思議なもんだ」

　男が土手に腰を下ろしたので、柏村も隣にしゃがみ込んだ。

　刈り取られたばかりの草はまだ青々としていい匂いがする。瑞々《みずみず》しいので吸い殻を投げ捨てても火を吹きそうにない。男は汗だくになっているが、草刈りを終えたのはわずか数メートル四方であった。

「おたくさんの用水ですか？　こんなに広いと大変ですなあ」

　長閑《のどか》な流れを見下ろして訊《き》くと、「いやいや」と、男は左右に手を振った。

「別にわしの土地ってわけじゃない。たださ、子供が行方不明になってるだろ」

「子供が？　はて」

　と、柏村は首を傾げた。

「この辺りの人じゃないから知らないか。あっちの畑の子供がさ、ちょっと前から神隠してさ」

「どの畑でしょうか」

男は後ろを振り返って首を伸ばすと、さっき柏村がいた小屋を煙草で指した。

「あすこに小屋が見えるだろ？　そのうちの子だよ。男の子で、まだ六歳って言ったかな。友だちと遊びに出たまんま、家に帰ってないんだよ」

「ちっとも知りませんでした。人さらいですかね」

男はゆっくり首を傾げた。

「近所で手分けして捜したんだよ。もちろん警察にも届けたけどさ、見つからないんだ。それで草刈りをしてるんだけど……」

「用水路に落ちたと思うんですな？」

「や。それは最初の時に捜したからさ。ほら」

と、用水路に沿って続く泥上げの跡へ顎をしゃくった。

「みんなでさらって、水の中にいないのはわかってんだ」

「この辺りで消えたということですか」

「うん。まあ、近所のガキどもが集まって、メンコやったり、魚捕ったりしていたらしいや。日が暮れてきたから帰ろうって話になったとき」

と、水路がトンネルになった場所を指す。

「メンコを忘れてきちゃったと、その子だけが取りに戻ったんだってさ」

柏村は振り向いた。畑ばかりで遮るものがないので、視界は決して悪くない。

「どこへ置き忘れたのかな。小屋だろうかね」

「ガキどもの話だからなあ。だけど、小屋にメンコはなかったらしいよ」

「メンコごと消えた……妙ですな」

「うん」

男は手元の草を分け、煙草を土に埋めて消した。

「妙な話はもっとあってさ。そっちの——」

と、今度は畑の向こうの住宅地を指す。

「——団地の婆さんが、ちょうど子供が消えた晩、太って腹の出た男が子供をおんぶしてこの道を来るのを見たって言うんだ」

そして男は丸く突き出た自分の腹を見下ろした。

「もちろんわしじゃないよ？　わしはその晩『無尽』だったし。だけどさ、なんか気持ちが悪くてさ、草でも刈れば何か出てくるんじゃないかと思ってね」

「出てきましたか？」

彼は曖昧《あいまい》に頭を振った。

「うんにゃ。ゴミばっかりだな」

そう言って男が視線を振った先には青いビニールのゴミがある。用水に沈められていたのだろうか、袋の先が泥の中から突き出している。小屋に畳まれていた肥料の袋と同じものだ。

「どこへ行っちまったか……やっぱり落ちて流されたのかねえ」

ぼんやりと呟《つぶや》く男に頭を下げて、柏村は農道に戻った。

その先にはさっきの小屋がある。緑色のビー玉はその子が落としたのだろうか。肥料や農薬の袋はきれいに畳んで中にあったが、風で飛ばされた一枚が用水路に落ちたのだろうか。畑のなかの井戸水ポンプは支柱を支える土嚢《どのう》代わりに青い袋が使われている。用水路に袋があっても不思議はないのに、柏村はなぜかひっかかりを覚えて小屋まで戻った。

敷居に載せておいたビー玉が、夕日を反射して光っている。それが転がり落ちるのもかまわず戸を開け、柏村は小屋の中へ踏み込んだ。入口すぐは空間があり、地面も三和土《たたき》になっている。太陽の位置が変わって隙間から差し込む光が下がり、片隅に積まれた筵《むしろ》が見えた。ビニール袋はやはり畳まれていたが、それよりもっと古いものが筵の下からも覗《のぞ》いていた。空き袋を取っておくのは、土を入れて土嚢にしたり、ネギなどを入れて使うためだろう。丈夫な袋は物入れとしても重宝だ。

「物入れ……」

柏村はハッとした。

もしも自分が永田だったら、と考える。

消えた女生徒を捜して初めに調べるのは公園だろう。そこにはアベックがいたかもしれないが、女生徒は見つからない。そして畑のほうへ移動してくる。

そのとき警察官殺害事件が起きていて、この小屋の板壁の隙間から、外に明かりが漏れていたなら……？　そうか。被害者も警察官だから、同じようにこの場所で女生徒を捜していたのかもしれない。そして被害に遭ったのか？

被害に遭って、そして、どうする？

柏村は考えた。

死体はここの用水路ではなく、日本橋川で見つかった。

犯人は死体をバラバラにして運んでいった。何かに入れて。

柏村は袋をひとつ取り、内容量と大きさと容《い》れ物の頑丈さを確認した。袋は厚く、丈夫であった。

柏村は積んである筵に手をかけた。その下にあるのは古い空き袋で、さらに下には農機具がある。使われていない農機具だ。振り返って地面を見た。

入口近くの地面はきれいだ。土をどかした跡もなく、機械油や血痕《けっこん》が染みた痕跡もない。柏村は筵と空き袋を地面に下ろし、農機具を避《よ》けながら小屋の奥へと踏み入った。そして再び室内を見た。小屋の中には藁《わら》などを切る押し切りがある。鎌も鉈《なた》も鋤《すき》もある。錆《さ》びてはいるが庖丁《ほうちょう》も。ここには刃物が充実している。

壁際に腰を下ろして地面を探った。照明がないので薄暗く、よく見るためにマッチを擦った。押し切り鎌の下にほんのわずかなシミがある。指先で触り、土を取って臭いを嗅《か》いだ。生臭い気もするが、よくわからない。

そのときおもむろに戸が開き、用水路で草を刈っていた中年男が、別の男と一緒に覗き込んできた。

「ほーら、やっぱりここにいた。さっきも怪しいと思ったんだよ」

「あんた！　俺の小屋でなにしとんのか！」

小屋の持ち主らしき男が怒鳴った。中年男性は用水路を離れた自分の様子を窺《うかが》っていたらしい。当然だ。

柏村は小屋の奥に屈んだままで帽子を持ち上げ、二人に言った。

「警察に連絡してくれ。ここに血痕らしきものがある。いや、勝手に入ってすまなかった。自分は東京駅うら交番の柏村巡査という者だ」

落ち着いた声で説明すると、男たちは顔を見合わせて互いの反応を探り合った。

「あんた、おまわりさんだったかね」

「おまわりさんが、なんでうちの小屋に」

柏村は立ち上がって頭を下げた。

「事件がらみで様子を見に来たんだが、どこかに電話がないのかね」

「うちの息子の件ですか」

父親はすがるような目をしたが、柏村は相手が満足できる答えを持ってはいない。そうだとも違うとも言わずに、もう一度訊《き》いた。

「電話して欲しいんだ。そして警察官をよこして欲しい。血痕を見つけたので調べて欲しいと伝えたいんだが」

男たちは再度顔を見合わせて、

「なら、わしが行ってくるわ」

と、用水路の男が言った。そして電話を引いている家まで連絡に走った。

「本当に血があるのかね」

残された父親はフラフラと柏村の近くへ寄ってきた。

痛いほど気持ちがわかるからこそ、柏村は真実だけを言う。

「農機具の下に少しだけ。血だと思うが、確かなことはわからない」

「倅《せがれ》の血なのか」

「検査をしないとわからんが、大量ではない。ほら、ここだ」

寄って来た男にマッチを擦って、地面のシミを照らして見せる。湯飲み茶碗《ちゃわん》半分ほどの液量だろうか。その部分だけ色が変わって、表面に組織がこびりついている。血液だけが流れ出たものではないと柏村にはわかったが、黙っていた。

「息子さんのこと、聞いたよ。辛《つら》かろうな」

父親はクルリと背中を向けて、小屋の外へと出て行った。入口の敷居に腰を下ろして頭を抱える。その背中は逆光になってどす黒く、柏村は彼の苦しみを想った。子供を失った父親は、その子と過ごした最後のときを頭の中で何度も、何度もなぞり続ける。明日も続くと思えばこそ等閑《なおざり》にした日常を、すり切れるまで再生してもまだ足りない。息子との日常を奪われた男の背中を、柏村はじっと見つめた。

やがて自転車の音がして、若い駐在が駆けつけてきた。事情を話して小屋の土を調べて欲しいと頼むと、駐在は訊いた。

「それは誰の血なんですか」

「わからんよ」

「いやあ、でも、子供が消えたときに小屋の中は見たんですがね」

柏村は若い後輩を見つめて言った。

「それは子供が隠れていないか見ただけだろう？　とにかく、これが何の血か調べてくれ」

「……はい」

駐在は首を傾げて頭を掻《か》いた。

「あと、小屋の持ち主に、二、三訊きたいことがあるのだがね」

畑のほうへ出て行ってしまった父親を呼び止めて、柏村は空き袋がなくなっていないか訊《たず》ねたが、彼はなくなっていないと答えた。けれど筵の下にあった古い袋について訊ねると、そこに何枚あったのか、なくなったかもわからないと言う。

倅には小屋に入るなと伝えていたんだ。倅は言いつけを守っていた。なくなった刃物はないし、小屋に変わった様子もなかった。

疲れ切ったその顔に、和則のときの自分が重なる。

息子をどんなに守りたくても、そばにいないときに事件が起きれば、何ができたというのだろう。生死すらわからないのは余計に辛い。心の持って行き場がないからだ。
この父親も、生涯その苦しみに囚《とら》われるのだ。

「あのう……すみません」

モタモタとした駐在が言いにくそうに告げてくる。

「実は、ですね。今は地元署のほうも大騒ぎになっとりまして、すぐには鑑識課員を回せないかもしれません。先《ま》ずは緊急性のあるほうから」

「なにか緊急事態が起きているのかね？」

柏村が訊くと、駐在はチラリと父親を見た。部外者に漏らしたくない話のようだ。
柏村は駐在と一緒に小屋の隅まで戻って、声をひそめた。

「どうしたんだ」

日が落ちて、広い畑を通る農道にだけ、ポツンポツンと明かりが灯《とも》る。
駐在は柏村に体を寄せてささやいた。

「バラバラ事件よりひどい事件が起こったそうです」

柏村は眉根《まゆね》を寄せた。若い駐在は小指で目尻《めじり》を掻きながら、

「先輩はご存じですか……うちの署では有名でしたが、カストリ雑誌の記者に小蝿のようにしつこい爺《じい》さんがいて」

「ツイードの服を着た？」

「そうです。やっぱりご存じでしたか」

「前に私がいた野上署では、明野《あけの》のジジイと呼ばれていたが」

「その爺さんが挽肉《ひきにく》みたいな死体になって出たそうで、大騒ぎになっているんです。うちの署はいままで比較的平和だったんですが、人が増えると犯罪も増えるのか、このところずっと、あっちこっちの応援で忙しいです」

明野が死んだ？

柏村は戦《おのの》いた。

父親は戸口の外にいて、家に帰る素振りも見せずに柏村の様子を注視しているし、駐在と入れ替わりに姿を消した草刈りの男も、自宅周りで自分たちのことを吹聴《ふいちょう》しているはずだ。

何かが密《ひそ》かに動いている。自分たちの知らないところで。

柏村は険しい顔で拳《こぶし》を握った。男友達と遊んでいた女生徒、それを捜した永田と、殺害された警察官、消えた子供に明野のジジイ。

柏村は、養子にもらった和則が自分に何かを訴えているのではないかと思った。

第一章　恵平の里帰り

東京都丸《まる》の内西《うちにし》署の新人女性警察官堀北恵平《ほりきたけっぺい》は、警察官になって初めての夏休みを故郷で過ごそうと地元長野へ帰ってきた。

恵平の郷里は長野市北部の中山間地域で、連なる尾根の背後に雄大な北アルプスを見渡せる。信州《しんしゅう》百名山のひとつに称《たた》えられる虫倉《むしくら》山に抱かれて流れる土《ど》尻《じり》川沿流の平《へい》坦《たん》地に集落が点在し、かつては中条《なかじょう》村と称していたが、十年ほどまえ長野市に合併されて閉村した。

「あーっ、空気がおいしーいーっ」

八月十二日午前九時過ぎ。長野駅の善光寺《ぜんこうじ》口に降り立つと、恵平は全霊で深呼吸した。その足下を数羽の鳩が長閑《のどか》にトコトコ歩いていく。糞《ふん》害の影響もあって、いっときよりはずいぶん数を減らしたが、この鳥を見ると無条件に善光寺を思い出す。長野市は善光寺で栄えた街で、参拝客の利便性を考慮して駅を建てる場所が決められた。

駅前広場には噴水があり、善光寺伝説に語られる月蓋《がっかい》長者の娘、如是《によぜ》姫の銅像が善光寺如来に向けて花を捧《ささ》げ持っている。その豊満で瑞々《みずみず》しい姿を見ると、旧知の友に会った気がする。恵平は銅像の前まで行って、心の中で（ただいま）と告げた。

駅舎を背にして善光寺口のロータリーに立つと、大通り沿いに向かい合う商業ビルの隙間になだらかで正三角形の山が見える。ピラミッドのような形のそれは旭山《あさひ》といい、中腹に合格祈願の観音様が祀《まつ》られている。恵平も、高校受験や大学受験の前には急な山道を登って合格祈願に行ったものである。新幹線の車窓から旭山が見えると、長野に帰ってきたなと思う。

バスの時間を確認してから、恵平は実家へ電話を掛けた。

「もしもし？」—

それだけで、相手は嬉《うれ》しそうに「ケッペーちゃん？」と訊《き》いた。

「そう。お祖母《ばあ》ちゃん、元気だった？」

懐かしい祖母の声である。頭の中を、一気に様々な事柄が駆け抜けた。警察学校に行っているときも、研修中も、正式に配属されたばかりの今も、声に辛《つら》さが出てしまう気がして、なかなか電話できずにいた。ふるさとの家族を想わない日はなかったけれど、離れているのに心配はかけられないと思ってハガキやメールで誤魔化した。祖母は答える。

「元気も元気。久しぶりにケッペーちゃんに会えるんだもん、お祖母ちゃんは元気だよ。どうした？　無事に長野へ着いた？」

「うん。駅でバスを待ってるところ」

「迎えに行けなくてごめんねえ。お祖母ちゃん、免許を返納しちゃったからね。カートじゃ迎えに行けないし」

「バスがあるから大丈夫。それに安全第一だから、免許返納は奨励するよ。私は警察官だしね」

「それでもなんだか情けない……年取ってから増えるものと言ったら、できないこととシワばっかりよ……」

もうすぐ会えるというのに、祖母はなかなか電話を切らない。ずいぶん寂しがらせてしまったようだ。両親が診療所を営んでいることもあり、恵平の面倒は主に祖父母がみてくれた。野遊びのやり方を知っていたり、素朴な田舎の味を好むのは、たぶんそのせいだろうと思う。

恵平は東京土産の包みを片手で抱えて、懐かしい祖母のお喋《しゃべ》りに耳を傾けた。日々の暮らしがゆっくり進む田舎では大したニュースもないからか、祖母は恵平が知る古い話を繰り返す。祖父は他界し、親たちも忙しいので、家のことを話す相手がいないのだ。祖父が生きていてくれたらなあと、考えた。

『私ね、東京駅近くの地下道から昭和の時代に迷い込んで、若い頃のお祖父《じい》ちゃんと会ったことがあるんだよ』

喉元《のどもと》まで出掛かった言葉を恵平は呑《の》み込んだ。そんなことを話しても、信じてくれるわけがない。

バスが来たので通話を終えて、席に座って考える。

東京にはたまさか時空を超える道があり、昭和の時代につながっている。恵平は何度も時空を超えて、そこで青年時代の祖父に会ったのだ。

昭和三十四年の夏、お祖父ちゃんはトッコーさんという新聞記者の許《もと》で見習いをしていたんだよ。痩《や》せてひょろひょろした青年で、私のことを『堀北さん』と呼ぶんだよ。

――ぼくと名字が同じですねえ――

着流しの股引《ももひき》姿ではにかんでいた若き日の祖父を思い出す。

――ぼくは堀北清司《せいじ》と言って、見習いの新聞記者をしています。堀北さん、出身はどこですか？――

当時の祖父は二十代。中背で、痩せていて、誠実な印象だった。

恵平は座席に座り直して車内を眺めた。都内を走るバスとは違い、ガランとして空《す》いている。買い物帰りのお婆さん、高校生が数人と、子供を連れたお母さん、あとは年配の男性がいるだけだ。全員が座っても席はまだ空いていて、立っている人は一人もいない。バスはすぐさま繁華街を抜け、犀《さい》川沿いに山へと向かう。

恵平は、若き祖父から自分の名前の由来を聞いた。女の子なのに恵平なんて奇妙な名前をつけた理由は、それが人として大切な特質だからだと言った。

――恵という字には、自らを律して他者への思い遣《や》りを持つという意味がありますね。平という字にも同じような意味がある。たぶんですけど、あなたのお祖父さんは、そういう特質が大切なんだと思っていたのじゃないでしょうか――

私が生まれたとき、お祖父ちゃんはあのときのことを思い出したのだろうか。そして私に恵平と名付けたのかな。

長野の街は、右を向いても左を見ても、前にも後ろにも山がある。土手に青々と木が茂り、空には白く入道雲が湧いている。ミンミンという蟬の声、日向《ひなた》の熱さと木陰の涼しさ、草いきれ、山に吹く風、それらが渾然《こんぜん》一体となって、ああ……長野だ、としみじみ思う。空にトンビの影があり、悠々と弧を描く飛び方が都会のそれより穏やかだ。

恵平が配属された交番は東京駅の南口近くにあって、毎日多くの観光客が道案内を請いに来る。研修時代は恵平自身が駅構内や周辺の地理に不慣れだったので、案内などできるはずもなく、空き時間に駅周辺を歩き倒して勉強した。そしてあるとき、偶然見つけた古い地下道を通って昭和の交番へ辿《たど》り着いてしまったのだ。

東京は不思議な街で、近代と過去が共存している。真新しい商業ビルの裏に大正《たいしょう》昭和の面影を残す場所が残されていることが普通にあるので、初めはその交番も現代に存在しているものだと思った。けれど、再び同じ道を通っても行き着けず、なのに丸の内西署が凶悪事件を抱えているときだけは、地下道の先に当然のように現れた。

その交番には柏村というお巡りさんがいて、必ず事件のヒントをくれる。恵平が若い頃の祖父と出会ったのも、その交番でのことだった。

自分を育ててくれた祖父については、祖父である以上の感情を持ってこなかった。けれど若い祖父から生い立ちや矜持《きょうじ》や価値観を聞かされるうち、祖父のことをもっと知っておけばよかったと思うようになった。祖父はどんな人生を歩んだ人だったのか。

恵平は、だから郷里へ帰ってきた。

国道の分岐点を、山へ向かってバスが行く。坂道はときに急勾配《こうばい》で、通り沿いの家の庭木が車窓をかすめる。幼い頃と景色はほとんど変わっていなくて、それがなんだか安心する。東京では日々目まぐるしく景観が変わり続けている。昭和の交番へ誘《いざな》う道すら改修工事が決まっていて、間もなく通れなくなってしまうのだ。

もうすぐ目的のバス停というとき、スマホに誰かのメッセージが届いた。丸の内西署の先輩刑事、平野《ひらの》からだった。

——長野に着いたか——

着きました。と、恵平はメッセージを返した。

平野も駆け出し刑事だが、研修中の恵平を現場に連れ出したとき、一緒に昭和のうら交番へと迷い込んだ。その交番はかつてときわ橋の近くに実在したが、四十年以上も前にその場所から姿を消した。平屋建てで、高架下にめり込むように建っており、外壁は煉瓦風の化粧タイル張り。洋風の細長い窓がお洒落《しゃれ》で、アーチ型の庇《ひさし》の下に丸くて赤いライトが下がっている。

恵平たちは何度もそこで柏村に会ったが、後にこんな話を聞かされた。

東京のどこかに昭和の交番が出現し、警視庁勤務の警察官が、たまさか呼ばれてそこへ行く。そこには柏村という老齢の警察官がいるのだが、彼は昭和三十五年に起きた人質立てこもり事件で殉職している。

そして、柏村に会った警察官は一年以内に命を落とす。

恵平は大きく息を吸い込んだ。

初めてそこへ行ってから、すでに十ヶ月が経っている。うら交番へ行った警察官で生きている者は一人もいない。うら交番が何を求めて、なぜ現代から警察官を呼び寄せるのか。秘密を解き明かさなければ、自分はともかく平野が死ぬのだ。

――柏村さんの時代の未解決事件を調べたら、日本橋川の警察官バラバラ殺人事件のほかにも複数あった――

平野がメッセージを打ってきた。

一年以内に死ぬジンクスを覆すべく、恵平たちは柏村について調べている。

柏村は未解決事件を抱えたまま死に、犯人を見つけて欲しくて現代の警察官を過去へ呼ぶというのが推論のひとつだ。また、柏村には救いたい人がいて、その人物を救って欲しくて呼ぶというのが別の推論だ。

停留所のアナウンスを聞いて、降車ボタンを押した。

かつて村役場だった建物の前で恵平がバスを降りると、爽《さわ》やかに熱い風がショートヘアを掻《か》き上げた。日向の土と、沢を流れる水の匂いが入り混じる。懐かしい村役場の建物は、以前と同じに山が迫る場所に立つ。青々と茂った木々が風に遊ばれ、山全体が揺れている。バス停から道路を渡った反対側には土尻川が流れていて、渓流で魚を釣る人がいる。風は緑の匂いを運び、ミンミンゼミの鳴く声がする。風景は、子供の頃と変わっていない。恵平はバス停に立って返信をした。

——柏村さんの部下だった刑事が失踪《しっそう》した事件もありましたよね。それも未解決だったんですか？——

——そっちは殺人事件じゃないのかも。調べても出てこないんだよな——

その刑事は大量の血痕《けっこん》を残して失踪したと、柏村が大学ノートに書き記していた。結局、死体は見つからなかったのかもしれない。恵平はそこにゾッとする。

——当時は死体がないと事件にならなかったんでしょうか——

——かもな——

建物の脇には雑貨屋がある。

お婆さんが買い物にやって来て、バス停に立つ恵平を物珍しげに眺めていく。

——コピー機すら普及してない頃じゃんか。調べようにも、新聞記事になっていないとお手上げだ。今は便利な時代なんだとしみじみ思うよ——

仏頂面で文字を打つ平野の顔が思い出された。

——そんなときに帰省しちゃってすみません——

——当然の権利だ。気にすんな。何かわかったら連絡するよ——

——どうぞよろしくお願いします——

——休みなのに悪かったな——

平野はそう言って通信を終えた。

スマホをしまって歩き出す。

東京より涼しいとはいえ、日向を歩けば汗をかく。それでも木陰は涼しくて、なんといっても空気がおいしい。沢の湧き水で自家製豆腐を作っている店の前を通って、地区で唯一の診療所へ向かう。平らなところがほとんどない地区内は、どこもかしこも坂道で、起伏が激しい。小学校のほうから子供たちが駆け下りてきて、すれ違う。どの子も日に焼けて真っ黒な顔をして、ランニングに短パンという出《い》で立ちだ。それもまた恵平が子供だった頃と変わらない。運動靴は水陸両用で、おやつは畑のキュウリやトマトで、お寺さんの境内で涼んでいると、奥さんがお饅頭《まんじゅう》や蒸《ふ》かし芋を振る舞ってくれたっけ。駆けていく子供たちのなかに、恵平はあの頃の自分の面影を見た。

　市との合併に伴って地区の運営母体は長野市へ移行したけれど、診療所は相変わらず恵平の両親が営んでいる。医者は父一人で、母が保健師と看護師を兼ね、お祖母《ばあ》ちやんは雑務と患者さんの相談役だ。住まいは診療所の裏にあり、急患が出れば真夜中だろうと対応するけど、設備がないので重い病気は扱えない。市の中心部か松本《まつもと》市の医療機関へ取り次ぐまでが父の仕事だ。

自宅は築百五十年を超える古民家で、祖父の時代にそこを買い、前庭に診療所を建てたのだった。裏手に三本の杉がそびえて、雪や風や真夏の太陽から屋敷を守ってくれている。巨大な杉は遠くからも見え、子供の頃はそれを目安に自宅の位置を知ったものだ。診療所を見下ろせる場所まで来ると三本杉は変わらぬ姿でそこにあり、東京に出てからの数年が一気に巻き戻された気がした。

田んぼの畦《あぜ》を通って自宅へ向かう。お盆前日のせいか診療所の前には自転車や手押し車が止められていて、大勢の患者さんが来ているらしい。真冬以外は入口がたいてい開いていて、柏村の交番と同じだなと思う。用のある人が来やすいように、柏村も交番の扉を閉めない。

東京土産の包みを抱えて、恵平は診療所に顔を出す。

「こんにちは」

待合室にいた人たちに頭を下げて室内へ入ると、

「おーら、ケッペーちゃんじゃないかえ」

と、すぐさまどこかで声が上がった。

「ほんとだや、ケッペーじゃねえか、おま、よーやく帰って来たんかーっ」

「ちょっとー、しいちゃん。ケッペーちゃんが帰ってきたよ」

懐かしい人々はお世話になったご近所さんと、

「ああ、お帰り。暑かったろう？　今ちょっと手が離せないから、裏で麦茶でも飲んできて――」

ナース服で診療室から出てきた母だった。母は静枝《しずえ》という名前で、近所では『しいちゃん』で通っている。

「――お祖母ちゃんが裏にいるから」

そう言うと母はすぐに引っ込んでしまったが、恵平はご近所さんに腕を引かれて待合室の椅子に掛けさせられた。隣にいるのは豆腐屋のお婆ちゃん、向かいは大工のおじさんだ。同級生の家のお爺《じい》ちゃん、保育園の園長先生、神社の前の家の人、ガソリンスタンドの大西《おおにし》さん、おやき屋のおかみさん。どの人にも見覚えがある。

「よう、元気だったか？　東京のお巡りさんになったんだってな」

「そうだってねえ。それにしてもやっぱり見違えたよねえ。どう？　東京は」

「どうもこうも、こんな田舎より楽しいさ。東京駅にいるんだってな？」

「東京駅ってのはあれだよな、地下に街があるんだってな」

「街なんかあるもんかね」

「バカ言うじゃねえ。向こうはな、地下が何階建てにもなっていて」

「やーだねえ。うちも孫が東京の大学へ行ってるけどさ、ほら、あれよ？　なんだっけ？　携帯電話のさ、なんかがないと歩けないって言ってたよ」

「地図アプリですか？」

　と、恵平が訊《き》くと、

「そうよ、アプリよ」

　と、おばさんは言い、なぜかみんなでガハハと笑った。

「大西さーん。次ですから診療室へ入ってください」

　母が再び顔を出し、恵平を見てから、

「あんた、まだいたの？」と、苦笑した。

「あまりお祖母ちゃんを待たせないでね。行ってお盆の手伝いをしてちょうだい」

「怒られちゃったな」

　と言いながら、大西さんは診療室へ入って行った。

　恵平は懐かしい人たちに会釈してから、バックヤードを通って自宅へ抜けた。待合室からはまだ話し声が聞こえていて、それがあまりにも楽しそうなものだから、みんなどこが悪いんだろうと苦笑してしまう。ここへ重篤な患者が通ってくることはないのだけれど、腰が痛くても頭が痛くても、気持ちが落ち込んでいるときも、嫁姑《しゅうとめ》のトラブルを抱えているときでさえもやって来る。ここはそういう場所なのだ。

三本杉の下に立つ古民家は、玄関の脇に大抵筵《むしろ》が敷いてある。恵平の家は大きな畑がないけれど、ご近所さんたちが自分の畑で取れた野菜や果物、山菜やキノコまで持って来てくれるので、留守でも勝手に置いていけるように筵を敷いて、重ねた笊《ざる》を置いてあるのだ。玄関の土間には古い石臼《いしうす》があり、回し棒が挿してあった穴に水入れを挿して、お祖母ちゃんが野の花を活《い》けたりしている。玄関は開け放たれていて、風がよく通る家の内部が丸見えだ。土間の竹ザルに濡《ぬ》れた新聞紙が敷かれていて、ミソハギやオミナエシやワレモコウなどの盆花が一抱えほども置かれていた。

恵平は玄関に入って荷物を置くと、竹ザルごと花を抱えて祖母を呼んだ。

「おばあちゃん、ただいまー。玄関にお花が来てるよー」

家が広いので大声で言うと、奥の台所から割烹着《かっぽうぎ》姿の祖母が「あらあら」といいながら走ってきた。前に会ったのは研修で東京駅に配属された頃だったから、それほど時間は経っていないのに、髪が真っ白になっていて驚いた。

「おかえり。あらまあ、よみ子《こ》さんが来てくれたのね。ちっともわからなかった」

「これってお盆のお花よね？　水に入れておく？」

そうしてちょうだいといいながら、祖母は改めて恵平を見た。

「よーく帰って来たんだねえー」

「それ、さっきも電話で言った」

恵平は苦笑してから、

「お祖母ちゃん、白髪染めやめたの？」と、訊いた。

「そうよ。どう、似合ってる？　この前ミセスの雑誌を読んだら、白髪のモデルさんがいて、それを見たら白髪も自然できれいだなって思ったのよね」

灰色の服に割烹着、スカートはボックスタイプで地味な色、肌色の靴下、それで白髪がお洒落《しゃれ》と言われても同調しにくい。せめてメリーさんのようなツバ広帽子や膨らんだスカートを……それは自分が買ってあげるしかないか、と、恵平は考えた。メリーさんは東京駅にいる仲良しのお婆さんホームレスで、大きな鞄《かばん》に持ち物を詰めて、帽子で顔を隠しているのだ。

「うん……まあ……こんど着やすくてかわいい服を送ってあげるね。白髪によく似合うお洋服なら、けっこうお洒落に見えると思う」

そう言うと、祖母は笑った。

「あーらら……やっぱり手抜きに見えるのね。バレたか、残念」

さあさあと促されて靴を脱ぎ、土間から直接座敷に上がった。

家中の襖《ふすま》が開いていて、仏間に設《しつら》えたお盆用の祭壇が見える。玄関に届いた花はお仏壇に供える分と、明日《あした》お墓へ持って行く分だろう。

市街地ならば、お盆前日に盆花を売る『お花市』が立つけれど、このあたりの人たちは山へ入って花を採る。竜胆《りんどう》、桔梗《ききょう》、オミナエシにワレモコウ、ガマの穂やスキなども手に入るから、畑の菊と合わせるだけで立派なお供えの花になる。恵平は実のようなかたちのワレモコウが大好きだ。花を抱えて台所へ行くと、お盆の準備が進んでいた。仏様に供えるキュウリの馬にナスの牛、花を象《かたど》った砂糖菓子、桃にブドウにバナナに早生《わせ》林檎《りんご》。お祖父《じい》ちゃんが大好きだった珈琲《コーヒー》も、豆で買って置いてある。恵平は台所で麦茶を飲んでから、仏間に帰省の挨拶《あいさつ》をしに行った。

「お祖父さんが生きていたら喜ぶのにねえ」

と、台所から祖母が言う。

堀北家は祖父と祖母から始まったので、仏さんは祖父しかおらず、親戚《しんせき》が集まってくることもない。仏壇の前に正座して位牌《いはい》と遺影を眺めると、遺影の前に恵平の名刺が供えてあった。晴れて一人前の警察官になれたとき、手紙に添えて送った名刺である。丸の内西署地域総務課地域対策係巡査堀北恵平。自分の名刺に少し照れ臭くなりながら、恵平は蠟燭《ろうそく》を灯《とも》して線香を上げた。両手を合わせて目を閉じる。

祖父が亡くなったのは五年前。

学校へ迎えに来た父と一緒に病院へ向かったけれど、間に合わなかった。

最後に言葉を交わしたのはその前日で、お見舞いをして病室を出るとき、

「本当に貴重なものは、残るんだからな」

祖父は静かにそう言って、

「おまえも体に気をつけろ」

と、手を振った。しばらく調子が悪かったけれど、その日は食事を摂《と》れたと聞いたので快方に向かっているとばかり思っていたのに、急変したのだ。

——本当に貴重なものは、残るんだからな——

そのときなんの話をしていたか、どうしても思い出せない。どんな流れで祖父がそう言ったのか。ときおり考えてみるけれど、結果は同じだ。あのときは話の続きなんかいつでもできると思って、病院から帰るバスの時間ばかり気にしていたのだ。

享年七十八。間もなく祖母もその歳になる。

仏壇の遺影は亡くなる少し前に撮ったもので、ダンディな祖父が写っている。おどけたり、ひょうきんなことを言ったりするタイプではなく、物静かで誠実な人だった。

キュウリの馬に乗って早く来い。ナスの牛に乗ってゆっくり帰れ。

お盆に故人を迎えるときの風習も、祖父が教えてくれたもの。

恵平は祖父の遺影を見ながら、昭和のうら交番で会った若い頃の姿を思い出してみた。『お祖父ちゃん』というフィルターが掛かって、新聞記者見習いの堀北清司が同一人物である気がしない。若い頃はあんなに人なつこく笑って、下駄《げた》や雪駄を履いていて、着流しに股引《ももひき》にハンチング帽を被《かぶ》っていたなんて。

お祖父ちゃんは昔、ときわ橋近くにあった交番で、堀北恵平という女の子に会ったことない？　もしも覚えているのなら、それって私だったんだよ。

　本人にそう訊いてみたかった。

平野っていう仏頂面の先輩のことも覚えてる？　あのときは公務員と名乗ったけれど、彼は所轄の先輩刑事よ。お祖父ちゃんと会ったときはね、二人でうら交番の秘密を調べてたんだよ。

　恵平はちょいと俯《うつむ》き、平野先輩のこと、どう思う？　と、遺影に訊いた。

やだ、違う。そういうんじゃないの。所轄はいい先輩がたくさんいるけど、平野先輩とはなんとなく、いつも現場がかぶるというか……。
平野の顔を思い出し、慌てて『チーン』とお鈴《りん》を叩《たた》いた。

それよりも、ねえ、柏村さんってどんな人？

線香の煙が細長く伸び、それを見ながら、お祖父ちゃんが生きていたら柏村さんのことを聞けたのにな、と残念に思う。

そうだよ、お祖父ちゃんが生きていてくれたら……恵平はハッとした。

柏村さんが当時のことを大学ノートに書き残していたように、お祖父ちゃんも取材ノートに柏村さんのことを書き残しているかもしれない。特に柏村さんが殉職した事件のことは、絶対に取材したはずだ。新聞記者の見習いだったわけだから。

恵平は立ち上がり、祖母のいる台所へ走って行った。

「お祖母《ばあ》ちゃん、お祖父ちゃんの部屋って、まだあのままになっている？」

祖母は驚いて振り返り、

「なんだねえ、急に大きな声で」

割烹着で手を拭《ふ》きながら恵平を見た。

「お祖父ちゃんの部屋よ。いろいろ、そのまま？」

「着物や貴金属は、全部ご近所さんに形見分けしちゃったよ」

「そういうのじゃなく、アルバムとか、ノートとか」

「書斎のものはそのままよ」

「見てもいい？」

訊《き》くと、祖母も一緒についてきた。

生前、祖父は家の一番奥にあった物置部屋を和室に改装して書斎にしていた。押し入れもない六畳の部屋だけど、裏庭に面して丸窓を空け、外に楓《かえで》の木を植えた。秋に紅葉が始まると、丸窓の景色は絵のようになる。

「いいけど、急にどうしたの」

「お祖父ちゃんとお祖母ちゃんって、恋愛結婚？」

仏間の脇を通りながら訊《たず》ねると、祖母は苦笑した。

「なんなの急に。あ、もしかしてケッペーちゃん。好きな人ができたとか」

恵平はムキになって否定した。

「そんなわけないじゃない。私、やっと警察官になったとこだよ」

「恋愛にそういうのは関係ないでしょ？　好きになったら、なっちゃうんだもの」

「だからそういうんじゃないの。考えてみたら、お祖父ちゃんのこと、よく知らないままだったなって。若い頃のこととかさ、お祖母ちゃんとはどこで知り合って、どうして長野へ来たかとか」

「ここへ来たのは仕事の関係よ？　当時は無医村みたいなものだったから。でも、住んだらここが気に入って……特に北アルプスよねえ。あんなの見たのは初めてだったし、あとは『人』かな。田舎は人が親切だから」

話しながら書斎の扉を開けた。

締め切ったままの部屋は空気がこもって、壁土と畳の匂いがする。

祖母はさっそく丸窓を開け、部屋に風を呼び込んだ。祖父の楓は青々と茂り、奥の竹林に午後の日射しが当たっていた。茂り放題の下草の間を二頭の蝶《ちょう》が舞っている。

部屋は祖父がいた頃のままに片付いていた。畳に絨毯《じゅうたん》敷き、丸窓の前に机を置いて、祖父は椅子で作業をしていた。この部屋には仕事のものが置いてあるので、子供が勝手に入ってはいけないことになっていたし、そもそも興味もなかったので、入口まで祖父を呼びに来るくらいしかしなかった。

けっこう広い部屋だと記憶していたけど、自分が小さかっただけだった。机の本立て、ペンや定規を載せたトレー、竹カゴの書簡入れ、老眼鏡、スクラップブックに、雑多な物を入れた箱。入口に背を向けて丸窓を見ていた祖父の背中が思い出された。

なぜだろう。寂しそうな感じがいつもして、声を掛ける前に数秒間、背中を見つめるのが常だった。

「お掃除サボって埃《ほこり》だらけよ」

今どき見かけなくなった紐《ひも》のスイッチを引いて、祖母は蛍光灯の明かりを点《つ》けた。

「それで、お祖母ちゃんたちは恋愛結婚？」

恵平はもう一度訊いた。

「もう、ケッペーちゃんったら……お祖母ちゃんたちはお見合いよ。知り合いの世話でお見合いをして結婚したの。若い頃のお祖父《じい》ちゃんはねえ、苦み走ったいい男だったわよー、でもあのとおり無愛想でしょ」

「じゃ、顔で好きになったってこと？」

「それもあるけど、誠実な人だと思ったから」

白髪の祖母は照れ笑いする。

「あと一番大きな理由はね、こんなこと言うとケッペーちゃんは幻滅するかもしれないけども、お祖父ちゃんは天涯孤独で、実家もなければお姑《しゅうとめ》さんもいなかったでしょ」

なるほど。それはけっこうポイント高い。

「お祖母ちゃんも片親で、お行儀や作法に自信がなかったのと、相手のお家《うち》に引け目を感じなくて済んで気楽だったのよ。なんでも二人で相談して決められたから」

「結婚式の写真とかある？　お祖父ちゃんの古いアルバムとか……お祖父ちゃんって東京の人だったんでしょ？　あ、でも生まれは福島か。捨て子だったのよね」

若い祖父から直接聞いた話をすると、祖母は目を丸くした。

「そんな話した？　お祖父ちゃんが？」

「うん。まあ……」

言葉を濁すと、祖母は「あきれた」と呟《つぶや》きながら、机の古いティッシュを抜いて、窓枠に積もった埃を拭いた。

「いいよ、お盆だし、私がお掃除しておくよ。それとも他に手伝うことある？」

「おまえは帰って来たばかりじゃないの」

「だからこそ体力が余ってるのよ。交番にいるときよりは、ずっと身軽で楽だもん」

「そう？　じゃ、お願いしようかな」

「用があったら呼んでくれれば、台所も手伝うから」

祖母は部屋を出て行きながら、ふと振り返ってこう言った。

「お祖母ちゃんたちは結婚式をしてないんだよ。それにお祖父ちゃんは写真が嫌いで、婚姻届を出したときだって、一緒にうちのお墓へ報告に行って、帰りに天丼食べて、それでおしまいだったのよ。最初に住んだのが、お手洗いとお勝手が共同の、ひと間しかない下宿でね……やだ、懐かしい。お祖母ちゃんだって、若い頃はそれなりにかわいかったんだからね、もうー……」

そしてパタパタとスリッパを鳴らして行ってしまった。トイレとキッチンが共同の下宿って、どういう建物なんだろう。恵平は豆腐屋のラッパが響く昭和の街を思い出し、燃えるような夕焼けの下でドブの臭いを嗅《か》いだ気がした。

バケツと雑巾《ぞうきん》を持ってきて机や棚を拭きながら、その頃の痕跡《こんせき》を探していく。

書棚で見つけたアルバムも祖父が若い頃のものではなくて、恵平の父親が生まれたあたりから始まっていた。うら交番で出会った祖父は食べて行くのがやっとの感じで、生い立ちも複雑そうだったから、写真を撮る余裕などなかったのだろう。当時はデジタルデータがなかったし、写真は高価だったのかもしれない。お祖父ちゃんは新聞記者の見習いをしながら、夜も工事現場で働いていた。昭和の東京はビルが建ったり地下道ができたり、区画整理の真っ最中だったから。

その他のアルバムにも祖父の写真はほとんどなかった。常に写す側だったからだ。

「わあ、そうかー」

何冊かのアルバムは次第にカラーになっていき、赤ん坊の自分を抱く祖父がようやく出てきた。記憶よりはずっと若かったけれど、柏村の時代のヒントになるはずもない。恵平は腕まくりをして、次には書棚を漁《あさ》り始めた。

日記のようなものはない。記憶のメモや、日々のことを書き留めたノートもない。出てくるのは古い書簡や、給与明細書や、税金の納付書や、保険の通知書、建築業者の記録、ここが村だった頃の広報誌、パンフレットに、子供だった恵平が書いて送った拙《つたな》い手紙、お祖父ちゃんの似顔絵……敬老の日に作った折り紙のメダル。

「全部、とっておいてくれたんだ」

色褪《いろあ》せた絨毯に座り込み、恵平は亡き人を想った。思い出すのは優しい笑顔、大きな背中と、少し乾いた手に長い指。穏やかな声……生きていたならうら交番のことを聞けたのに。柏村さんが殉職した事件のことだって、きっと覚えていたはずなのに。

なんだかんだで時間が経って丸窓から風が来たとき、恵平は立ち上がって机の引き出しを開けてみた。ボールペン、インクが切れた万年筆、クリップに糊《のり》、消しゴムに指サック、銀行からもらったメモ用紙、古い荷物の送り状、雑多な物ばかり入っている。

脇机の引き出しを開けると、古臭いデザインのお菓子の箱がひとつ出てきた。

丸窓から見える裏庭は、ススキの穂に夕日が当たってキラキラと光り始めた。合唱する蝉の音色が入れ替わり、夏の終わりを告げている。ああ、そうか。蝉は日中に鳴く生き物だったなと思う。恵平は立ったまま、机に載せた箱を開けた。

一番上には薄紙で包んだ写真があった。若い頃に写真館で撮ったと思《おぼ》しき祖父の写真だ。それはまさしくうら交番で出会った『堀北清司』の姿であった。

白いワイシャツにツイードの吊《つ》りズボン、ハンチングを被《かぶ》って革靴を履いた堀北清司が得意げな表情で写っている。見習いから少し出世した記念に撮ったのだろうか、それとも、お祖母《ばあ》ちゃんとお見合いするために用意したのだろうか。若くて、ギラギラとした熱意があって、痩《や》せているけど逞《たくま》しい彼の写真は、記憶の祖父とは結びつかない。年月が人に刻むのはシワや白髪で、勢いは奪っていくのだなあと想ったりする。写真は何箇所にも折れ目があって、泥のようなシミを拭《ぬぐ》った跡がある。

「この一枚だけはアルバムに貼らずに持ち歩いていたのかな」

そう考えると不思議な気がした。お祖母ちゃんと出会う前に恋人がいて、その人が大切に持っていたのを恋の終わりに突き返されたとか、いらぬ妄想が膨らんでくる。お祖母ちゃんにも若い頃があったのよと、さっきの祖母が頭の中で言った。

写真の下にはメダルやバッジや学生ボタンや記章に交じってお守り袋が二つあり、ひとつは薄紙に包まれていて、もうひとつは布が劣化してボロボロになっていた。手作りのようだが汚れがひどくて、もとの模様も色もわからない。

開けてみると十銭コインと折り畳んだ紙が入っていて、

『昭和十二年十一月十日生　丁丑《ひのとうし》　堀北清司』

と書かれていた。

自分は捨て子だったが、お守り袋に生年月日と名前があった。名前と命をもらったのだから親を恨んではいないと言った、若き祖父の言葉を思い出す。

薄紙に包まれていたお守りは金色で、恵平は、

「……あっ……」

と、思わず声が出た。

光沢のある紐が結んであって、『皆中《みななか》改鋳《かいちゅう》稲荷《いなり》神社』と書かれている。

恵平は自分の首に手をやって、肌身離さず身に着けているお守り袋を引き出した。

「私のとおんなじだ」

それはうら交番に落とし物を届けたお礼に、若いメリーさんからもらった品だ。当時の彼女は老舗《しにせ》餅屋《もちや》へお嫁に来たばかりで、恵平が偶然拾った落とし物の中に結婚指輪が入っていたのだ。その頃のメリーさんは二十歳くらいだったけど、今は八十歳を超え、息子夫婦にお店を任せて引退し、東京駅の周辺でホームレスをやっている。若い頃のメリーさんは嫁いだばかりで自由になるお金もなく、お礼にお守りを贈るくら

いしかできなかったと言っていた。東京駅うら交番はメリーさんが嫁した兎屋《うさぎや》の近くにあったのだから、お祖父《じい》ちゃんとメリーさんが顔見知りでも不思議はない。お祖父ちゃんもメリーさんと親しかったのだと思うと、恵平は少し切なくなった。

手のひらに二つを並べてみた。色もかたちも全く同じお守りは恵平のものより色褪《あ》せて、生地にはシミが浮き出している。もちろん昔の品なのだから、過去から現代へ一足飛びにお守りを持ち帰った恵平のものより古くて当然だ。こうやって比べると、信じていながら半信半疑でもあるタイムスリップがにわかに現実味を帯びてくる。

そして恐ろしいうら交番の噂を思い出させる。

一年以内に死ぬ運命。

恵平はそのことを頭の隅に追いやってきた。危機感を覚えるのは一緒にうら交番へ行った平野のことばかりで、自分も渦中にいることは、なぜか考えることができない。それでも証拠がここにある。恵平が持っているお守りは、実際には祖父の物と同じくらい古びていなくてはおかしいのだ。恵平のお守りが経過し損ねた約六十年に、交番の秘密が隠れている。恵平は考えた。

柏村さんの時代に起きた何かが、今現在と関係している。それはとっても大きなことで、だから柏村さんとうら交番は現代の警察官を過去に呼ぶ。呼ばれるのが一般人でなく警視庁の警察官ばかりであるのは、事件を解決して欲しいから？

そう考えるのが順当だろうと、改めて思う。

過去に起きた凶悪犯罪が現在でも起きている、もしくは再燃するのだろうか。過去の世界の凶悪犯が地下道を通って現在に来て、のうのうと逃げおおせているのが気に入らないのか。もしくはそいつを捕まえないと多数の人命が奪われるとか。

「そういうこと？」

と、誰にともなく恵平は訊《き》いた。

柏村の時代、戦後の高度成長期に急ピッチで整備されたインフラが、こぞって寿命を迎えている。過去と現在をつないでいるのが遺構なら、件《くだん》の地下道も改修工事が決まってタイムリミットが近付いているとは言えないだろうか。うら交番も必死なんだ。

いや、待って。もしかして……私がお祖父ちゃんの孫だから、そして東京駅の警察官だから、私をあそこへ呼ぶのだろうか。過去に呼ばれた警察官は、全員がうら交番と某《なにがし》かのつながりがあったのか。

「そうかもしれない」

うら交番は同じことを訴え続けた。

でも、そこに理由があると考えた人はいなかった。

柏村さんの自宅を訪ねた警視総監以外は、過去に呼ばれた理由を知ろうともしなかった。結局、うら交番の謎は警視庁の都市伝説として囁《ささや》かれてきただけで、警視総監も殉職してしまった。

時間がない。と、恵平は思った。そして祖父と柏村からの重いバトンは、他の誰でもなく自分が受け取ったのだと認識した。

恵平は古いお守り袋を箱に戻すと、若い頃の祖父の写真をその上に載せた。

家も道路も私有地も境界が曖昧《あいまい》で、どこにでも板塀と電信柱があって、道の端にはドブがあり、子供たちが道路で遊び、あちらこちらで犬が鳴き、ラジオ店から歌謡曲が流れていたころ。お母さんたちがエプロン姿でお鍋《なべ》を持って、下駄《げた》履きでお豆腐を買いに行っていたころ。それでも現代と全く同じに凶悪事件は起きていた。当時に何があったのか。何かがあったはずなのだ。

恵平は祖父のアルバムから幼い自分と祖父が写った写真を拝借して部屋を出た。

写真は東京へ持ち帰り、自分の部屋のデスクに飾ろう。そしてなるべく頻繁に、お祖父ちゃんのことを思い出すのだ。私たちはうら交番でつながっている。柏村さんと私、お祖父ちゃん、メリーさんも、ペイさんも、うら交番でつながっているのだ。

窓を閉め、障子も閉めて部屋を出るとき、恵平は振り返って祖父の机を眺めた。

持ち主を失った書斎には、ありありと亡き祖父の背中が見える気がした。

夕方には両親が診療所から戻ってきて、久々に家族団らんの時を過ごした。親たちは恵平の仕事について聞きたがったが、恵平は、道案内できるようになるまでが大変だったことや、交番で食べるごはんのおかずを使いっ走りすることしか話さなかった。一ヶ月ほど前に交番前で起きた通り魔事件について、家族はニュースで知っていたけれど、それについては訊かれなかったし、恵平も話さなかった。

危険なこと、恐ろしいこと、悲しいこと、辛《つら》い話は山ほどあるが、それについては一切触れずに、駅周辺に暮らすホームレスの人たちや、靴磨きのペイさんや、お気に入りの焼き鳥屋『ダミちゃん』のことをたくさん話した。兎屋のお餅《もち》がおいしいこと、ペイさんが磨くと、どんな靴もピカピカで柔らかくなること、ダミちゃんで食べた実《み》山椒《ざんしょう》のぬか漬けのこと。夕暮れ過ぎの東京駅がどんなに幻想的か、朝焼けに浮かぶ煉《れん》瓦《が》駅舎がどれほどきれいか、そんなことを喋《しゃべ》り続けて夜が更け、恵平は客間ではなく自分が使っていた部屋で眠った。

恵平の部屋はかつて養蚕に使われていた二階を改装したもので、床面積は広いが立って歩ける部分が少ない。ベッドは床に直《じか》置きで、寝れば頭上に天井が迫る。東京でも押し入れベッドで寝ているが、あれが妙に落ち着く理由はこの部屋で育ったからなんだと、今になって納得した。

窓は部屋の両側にあり、網戸にすれば風が通り抜けて寒いくらいだ。夜になれば家の周囲は暗く、真っ黒な林の上に藍《あい》色の空が広がって、驚くほどたくさんの星が瞬く。ああ、そうだった。星ってこんなにあったのに、東京に行ってから忘れていたなとしみじみ思う。明かりが消えない東京の街では一等星くらいしか見えないけれど、本当はこんなにも、粉をまぶしたように星があるんだ。夜空は虹《にじ》色に輝いて、月の光が弧を描く。胸いっぱいに夜気を吸い込むと、森と水の匂いがした。

翌朝は小鳥の声で目覚め、涼しいうちにお墓へお祖父ちゃんを迎えに行った。お盆に入って診療所はお休みで、玄関で迎え火を焚《た》いてから家族みんなでお昼を食べた。うら交番の秘密を探るため、明日は東京へ帰らなくては。

ふるさとはここなのに、東京へ帰ると考えた自分が可笑《おか》しい。そして、そうめんをたぐる両親を眺めて、やっぱり少し老けたなと思った。お祖母《ばあ》ちゃんは白髪になったし、お母さんは頬が下がった。お父さんは、

「お父さん、なんだかお祖父ちゃんに似てきたよね」

と、恵平は言う。

「そうか？　自分じゃわからないけど、そうかもな」

自分の顎《あご》に触れて感触を確かめる父のグラスにお酌しながら、恵平は考える。うら交番の謎が解けなくて、もしも私がいなくなったら、家族はきっと悲しむだろう。平野先輩の心配しかしてこなかったけど、私が死んだら家族みんなを悲しませるんだ。

心臓の鼓動が速くなり、こうしている場合じゃないと心が叫んだ。人はいつ、どんな瞬間に死んでしまうかわからないけど、それは生きることを諦《あきら》めるのとは違うし、誰かに命を奪われていいということでもない。何かできるなら、やらなくちゃ。

父がビールを向けながら、

「どうした。やっぱり警察官は大変か？」

と訊いた。鋭く突っ込んでこないところに思い遣《や》りを感じる。

ダミちゃんのジョッキには遠く及ばないひと口グラスにビールを注いでもらいながら、恵平は微笑んだ。

「どんな仕事も大変だよ。お巡りさんもお医者さんも、学校の先生だって、それぞれに大変でしょう？」

「そうよねえ。でも、やりがいは？　ある感じ？」

母まで訊くので、さすがは親だと思った。警察官として正式採用されたとたん、恵平は、遭遇した事件の過酷さと責任の重さに自信を失いかけていたからだ。それもあって帰ってきた。過去の自分と今の自分を太い線で結びたかった。それができたら頑張れる。自分には根っこがあるとわかるから。一呼吸置いて恵平は頷《うなず》いた。

「うん。あるよ。間違いなくある。大変だけど頑張れる。大丈夫」

自分に言い聞かせるような返事になった。

楽しい仕事とは言い難い。まざまざと悪意を見せつけられるし、人はわがままで脆《もろ》いと知って、闇の深さに怖気《おぞけ》立つ。けれど警察官の仕事が自分たちのような家族を守っていると思えばこそ、私は絶対に頑張れるはず。

「うちの署はいい先輩ばかりだし、応援してくれる人たちもいるから」

「ケッペーちゃん、少し顔つき変わったものね」

と祖母が頷いた。母も言う。

「そうそう。なんか大人びてきたわよね。診療所で会ったとき、驚いちゃったわ」

「お母さん。私、もう大人だよ？」

「警察官じゃなくても、事務職でよかったんじゃないのか」

それが本心なのだろう。どさくさに紛れて言いにくいことをボソッとこぼし、父はビールを飲み干した。恵平はまたお酌した。

「それを言うならお父さんたちだって。どうしてこんな田舎で診療所なんてやってるの？　地域のみんなのためでしょう？　同じじゃないの」

そして恵平はもう一度、

「お父さんは、どうしてお医者さんになったの？」

と、訊《き》いてみた。父はサラリとこう言った。

「そりゃ、お祖父《じい》ちゃんの背中を見てきたからさ」

「そうなの？　自分の望みじゃないの？」

「いや、望みだよ。親父は器用で外科の知識は持っていたけど、医療従事者であって医者じゃないから、できることは限られていたし、山では儲《もう》からないから医者が居着いてくれないし、それでも孤軍奮闘するのを見て育ったら、役に立ちたいと思うじゃないか。恵平だってそうだろう？」

「でも、お医者さんにはならなかったよ」

「職業のことを言ってるんじゃないよ。お父さんが言うのは価値観の話だ。恵平だって人の役に立ちたくて警察官になったんだろう。誰もなんにも教えなくても、親を尊敬すればこそ、子供は、知らず知らず親の生き様をトレースするのさ。大都会の警察官も、山の医者も、根本にあるのは同じと思うぞ。ま、祖父ちゃんと祖母ちゃんの血だな」

誇らしげな父の言葉に、恵平は微《かす》かな引け目を感じてしまう。

恵平は平野に憧《あこが》れて、いっときは刑事になりたいと思っていた。でも現実を見せられて、刑事の仕事の過酷さを知って、今は心が萎《な》えている。萎えているのだ、本当は。そうなんだ。私は腰が退けているのだ。わずか二ヶ月後に迫った死期と、現実と、否応《いやおう》なしに流れ去っていく時間。未来に対して前向きになれないことも、すべては自分がぐらついているせいだ。私は、本当は、逃げ出したいんだ。警察官の矜持《きょうじ》を見失い、刑事の仕事の誠を怖れ、だからうら交番の死のジンクスも自分だけは外側に置いて、平野先輩を心配することでやり過ごそうとしてるんだ……堀北恵平。弱っちい。

グイッとグラスを干したとき、ポケットのスマホがブルルと震えた。卓袱《ちゃぶ》台《だい》の下で確認すると、桃田《ももた》からのメールを受信していた。

桃田は丸の内西署の鑑識官で、一緒にうら交番の謎を追っている。

――柏村さんの時代に起きた不審死事件――

タイトルだけ読んで、席を立つ。

麦茶を取りに行くふりで台所へ入って本文を見ると、こんなふうに書かれていた。

――お疲れさま　桃田です
野上署の若手刑事が失踪《しっそう》した事件を調べていたら　昭和三十四年の夏は野上警察署とその周辺で怪奇な事件が頻発していたという記事を発見
若手刑事の失踪事件について正式な記録は残ってないけど　カストリ雑誌にそれっぽい記事が掲載されていたらしく　それ系サイトの画像を添付
粗くて読めない字もあるけどね
以上　報告でした――

添付画像はネットからコピーしたもののようで、古い新聞書体を使ったおどろおどろしい誌面の写真であった。記事部分は画像が粗くて読めないが、いやらしくも禍々《まがまが》しい挿絵とタイトルだけは読み取れる。

【怪奇！　血痕《けっこん》を残して消えた刑事と雑誌記者ミンチ事件】

「……なにこれ……」

スプラッタ風にインクを飛ばした演出に、恵平は眉《まゆ》をひそめた。

台所の窓からは、川向こうに広がる林とその奥の集落が見通せる。

ジーワカ、ジーワカ、ジーワカと、けたたましく蝉の声がして、林の向こうに入道雲が湧き、さらに上には真っ青な空が広がっている。これで向日葵《ひまわり》でも咲いていたなら、絵に描いたような夏休みの風景だ。

親しんできた日常がここにある。呑気《のんき》で平和な山の中。恵平はそこで生まれた。周囲の人々に慈しまれて、自由にのびのび育ってきた。

ここが私のふるさとだ。

清々《すがすが》しい故郷とメールのギャップが、恵平に立場を突きつけてくる。返信を後回しにして、冷蔵庫から麦茶を出した。

もう少しだけでいいから血なまぐさい話と離れていたい。

私たちが守るべき平和を体感させて下さいと、祈るように考えていた。

第二章　資料課から来た老捜査官

八月十四日の午後。

東京駅へ戻ったとたん、新幹線ホームの熱気と人々の動きの速さで、恵平はたちまち背筋がシャンとした。夏休み中の繁忙期とあって鉄道警察隊は制服姿でパトロールしているし、夏休みは遊びに来る人のほうが多いのも東京駅ならではだ。地方から来た若者たちで駅は華やいでいて、いつもよりずっと話し声の多いホームを足早に歩きながら、ベタ付く空気で里心を洗い流していった。

丸の内側から南改札口を抜けて外へ出ると、恵平は駅前広場を真っ直ぐ進んで中央あたりで振り返った。

「ああ」

と、思わずため息が出る。

目の前には威風堂々とした煉瓦《れんが》駅舎が、真夏の太陽に照らされていた。それは恵平が大好きな建築物で、大正三年（一九一四）からこの場所にある。皇居から一直線に延びる行幸《みゆき》通りの正面に位置し、折れ曲がり部分を含めた総延長は三三五メートル。辰野《たつの》金吾《きんご》の設計で関東大震災にも耐えた煉瓦駅舎は、戦時中の空襲で三階部分を焼失したが、二〇一二年にJR東日本が五百億円超の予算を投じて元の姿に復原した。恵平はこの建物を見るたびに、駅舎が乗り越えてきた危機の時代と、それを守り支えた人々の熱意と、ここを行き来してきた昇降客の人生を思う。

そして初めてわかった気がした。

東京駅は警察の仕事に似ている。踏ん張っている警察官がいて、捜査に協力してくれる市民がいて、初めてたくさんの人たちを守ることができる。そうか。だから自分はこの駅に、畏怖《いふ》にも似た憧れを抱くのだ。だから自分はこの駅に、『頑張るからね』と言いたくなるんだ。

東京駅のデザインは古くてモダンで新しい。どっしりと威厳があって、でも、威張っている感じがしない。ただそこにあって美しく、何万人もの人々を迎え続ける。

（帰ってきました。私、帰ってきました）

心で言って、頭を下げた。

本当の意味で帰ってきたと、恵平は自分の気持ちを確かめた。警察官になって最初の仕事が東京駅おもて交番で始まったことは私の誇りだ。駅はたぶん私を見ている。
過去と現在のつながりを、私が未来に繋《つな》げられるか見守っている。
駅前広場に陽が降り注ぎ、蝉の声は聞こえない。
熱風に近い風が吹き、アスファルトと埃《ほこり》の臭いがしている。

　手土産が入った袋を両手に提げて、恵平は勤務先のおもて交番へ向かった。先輩警察官の山川《やまかわ》が立番《りつばん》をしていて、ちょうど観光客に道案内を終えたところであった。奥には伊倉《いくら》巡査部長の姿も見える。交番前の階段下から、

「ただいま帰りました」

と声を掛けると、丸顔でぷくぷくした山川は、汗を拭《ふ》きながら笑顔を見せた。

「おかえり、堀北」

恵平が交番に入ると、山川もついてきた。デスクの伊倉巡査部長が立ち上がる。

「戻ったか。どうだったね、ふるさとは」

「サイコーでした」

言いながら、恵平はカウンターに取り付いた。

「お土産を買ってきたので置いていきます。先《ま》ずこれは、交番で食べるごはんのおともに」

そして次々に瓶詰めを並べた。隣に来た山川が、置くそばから瓶を手にして確かめる。ごくマイナーな品ばかりを選んできたから珍しいのだと思う。

「野沢菜漬けの佃煮《つくだに》と、そっちが根曲がり竹のオイル漬け。根曲がり竹は笹の仲間で、春先の二週間くらいしか採れないんです。地元では鯖《さば》缶と一緒に味噌《みそ》汁にして食べるんですけど、これは辛いオイルで漬けこんだ品です。あと、ぼたんコショウの漬物はお茶漬けに最適で……あ、それからこれは白瓜《しろうり》の鉄砲漬けで、地元のお婆ちゃんが農協に卸しているやつです。味が濃いから薄切りにしたほうがいいかも」

「ぼたんコショウってなに？」

と、山川が訊《き》く。

「唐辛子の一種ですけど、寒冷地でしか栽培できなくて、見た目はピーマンそっくりと言うか……ピーマンの色と大きさだけど形がカボチャで……肉厚で、甘みがあって、それをたまり漬けにしてあるんです。白いごはんにピッタリで、父の大好物なんですよ。あと、これは伊倉巡査部長のお孫さんに」

そう言って出したのは袋詰めの地味な菓子で、パッケージに時代がかったフルーツの絵が描いてある。中身はセロファンに包まれた四角いゼリーだ。

「なにかね？　みすゞ飴《あめ》？」

と、伊倉は訊いた。山川が首を伸ばして覗《のぞ》き込んでくる。

「上田《うえだ》市の伝統銘菓で、飴って書いてあるけど、地場産果物をグラニュー糖と寒天で煮詰めたお菓子です。歯にくっつかなくて、添加物も入っていないので、小さい子のおやつとしてSNSでバズってメチャクチャ人気が出たっていうので買ってきました」

そして恵平は付け足した。

「デザインも昔からほとんど変わってないんです。信州人には馴染《なじ》みがありすぎる味なので、どうしてこんなに人気が出たのか不思議なくらい」

「そうか。ありがとう」

「洞田《どうだ》巡査長のお子さんたちには『雷鳥の里』。あと、山川先輩にはこれ……」

山川に渡したのは善光寺七味の缶をストラップにしたものだった。有名な八《や》幡屋《わたや》礒《いそ》五《ご》郎《ろう》の品で、小さいながらも本物の七味を入れられる。

「うわ、なんだこれ、かわいいなあ。二つもくれるの？」

「そうです。彼女さんとお揃いで」

山川は真っ赤になって「えへへ」と笑った。

「あとは署のみんなとメリーさんたちの分です」

まだまだ中身がたっぷりな紙袋を覗き込んで言うと、

「堀北はお土産を買いに行ったみたいだな」

と、伊倉が笑う。

「久しぶりに帰省したら紹介したいものがたくさんあって、自分でも驚きました。あっちにいるときは何とも思わなかったのに、あれもこれも懐かしくって」

そして山川を見て言った。

「信州は冬の保存食に野沢菜を漬けるんですけど、年が明けると飴色に発酵して酸味を帯びてくるんです。それも美味《おい》しいけど、すごくたくさん漬けるので、食べきれなかった分は水にさらして塩気を抜いて、刻んで佃煮にするんです。家ではざくざく切ったのが丼《どんぶり》で出てくる感じで」

「わあ、そうなんだー。楽しみだなあ」

山川は瓶詰めをまとめて腕に抱えると、奥のキッチンへ運んでいった。

「じゃあ、私はこれで」

再び袋を手に持つと、

「本署へ行くなら、刑事課は出払っているかもしれんぞ」

と、伊倉が言った。

「何かあったんですか？」

「未明に八重洲《やえす》口で転落事故があってな」

「四十代くらいの男性が死亡したんだよ。上から下まで高級品を身に着けている人だったって。だからたぶん今頃は、検視の最中かもしれないね。夏場の検視は大変だけど、発見が早かったから、まだいいよ」

キッチンから戻って山川が言う。

「事故なんですか？」

「それを調べている」

と、伊倉が答えた。状況は山川が説明してくれた。

「人が落ちるような現場でもないから、ちょっと不思議ではあるんだよ。手すりを乗り越えて階段の隙間から隙間へと転落していったようだけど、もみ合った形跡はないらしい。それが、ちょうど上手《うま》い具合に地下まで落ちて、今朝になってからシャッターを開けた人が見つけて、救急車を呼ぶ前に死亡が確認されたって。平野たちが周囲の防犯カメラ映像を当たっていると思う」

そんなことがあったとは。自分が長野にいる間も平野先輩は大変だったんだ。呑気《のんき》にお土産を届けに行ってる場合じゃないかも、と、恵平は考えながら交番を出た。

靴磨きのペイさんはお盆休みでいないから、お土産を渡すのは後回しにする。ペイさんには岡谷《おかや》シルクの石鹸《せっけん》を買ってきたから賞味期限を気にしなくていい。メリーさんには上田紬《つむぎ》のポーチを買った。結城《ゆうき》紬、大島《おおしま》紬と並ぶ日本三大紬のひとつとも言われ、天然素材で染めた糸を織って生み出す縞《しま》や格子の素朴な柄が特徴だ。メリーさんと会うには夜間にY口《ぐち》26番通路へ行くほかないから、恵平は呉服橋《ごふくばし》のガード下へと向かう。

行きつけの焼き鳥屋『ダミちゃん』はそこにあり、お盆も休まず営業している。

手提げ袋が重いのは地酒が入っているからで、それがダミさんへのお土産だ。あまり知られていないけれども、信州は蔵元の数が国内二位の酒所でもある。高い山から豊潤な水が湧き、寒暖差の激しい気候が上等な酒米を生む土地なので、昔から美味しい酒が造られている。恵平自身はあまり日本酒に詳しくないので、父オススメの冷酒を土産に抱えて帰った。これだけは保冷剤が効いているうちに届けなくてはならない。

あれこれ迷って帰省したのに、東京へ戻れば真っ先にお土産の心配をしている。我ながら現金だなあと、恵平は可笑《おか》しくなった。

煉瓦《れんが》駅舎を大手《おおて》町《まち》方面へ進み、高架橋の下をくぐって呉服橋まで行くと、ピンコロ石を敷いた歩道の脇にビールケースの椅子やテーブルを置いてダミちゃんが営業していた。何人かの観光客がそこで焼き鳥とビールを楽しんでいる。帰省シーズンはサラリーマンが来ないので、夜間は比較的暇になり、いつもより二時間ほど早く店を閉めると聞いている。東京に住んでいながら観光客よりたくさんのお土産を提げた自分を嗤《わら》いつつ、恵平はダミちゃんの暖簾《のれん》をくぐった。

「はいらっしゃい！」

いつものように威勢のいい声がして、焼き台の奥で鯉口姿のダミさんが、恵平を見るなり、「ようケッペーちゃん、おかえり」と笑った。

長野でも、東京でも、みんな『おかえり』と言ってくれる。

恵平も微笑みながら、「ただいま」と言った。店内は空《す》いていたけれど、ダミさんは焼き串《ぐし》に鶏《とり》を刺しながらカウンターへ顎《あご》をしゃくった。

手を洗い、おしぼりを持ってきてくれる。

「行ったばっかりでもう帰ってきたのかい？」

「ばっかりでもないよ。二泊してきた」

「ご家族さんは元気だったかい」

そう言いながら冷えたジョッキグラスを出そうとするので、

「ダミさん、ごめん。ビールはまた飲みに来るから、ウーロン茶と小腹に効くものを

「ちょうだい」

　平野たちが頑張っていると聞かされたからには、休日でもビールを呑《の》むわけにはいかない。ダミさんはニヤリと笑った。

「あっちへ届け物があるのかい？　そりゃ赤い顔して行けねえよな」

「ううん。今日は本署へ行かないかもだけど、みんなが頑張ってるって聞いたから、昼飲みするのは気が引けて……」

　ダミさんはニコリと笑い、そして、

「何が食べたい？　冷やし中華とか」と訊《き》いた。

「肉味噌《みそ》が載った冷やしがいいな。実家のお盆は精進料理ばっかりで」

　紙袋から日本酒と三種類の七味とごまを出してカウンターに置く。

「これ、長野のお土産。日本酒は火入れしてないから冷蔵庫に入れてね。『大信州《だいしんしゅう》』というお酒なんだけど、うちのお父さんのオススメだって。蔵元さんが小さいから地元でもなかなか手に入らないって言ってたよ」

「こりゃ嬉《うれ》しいねえ。いいのかい？」

　ダミさんは寄って来て酒瓶を手に取ると、ラベルの仕込み情報を見て言った。

「いい酒じゃないか。伯父貴《おじ》のバーで、みんなで飲むよ」

伯父さんは老舗《しにせ》のスナックを営んでいて、ダミさんは週末の夜だけ女装して店を手伝っている。

「あと、こっちは八幡屋礒五郎さんの善光寺七味。私オススメのゆず七味と、定番の七味と、山椒《さんしょう》七味。あと大きいのは七味ごまね。常連さんたちに出してあげて」

「ケッペーちゃんがいつも言ってるやつかい。京と、やげんと、善光寺。三大七味のひとつなんだろ？　善光寺七味は香りが強くて辛いってな」

「そうそう。でも、ダミさんの焼き鳥には絶対合うから」

ダミさんは厨房《ちゅうぼう》の奥で恵平に見とれている店員に、三種類の七味を渡した。どの缶にも唐辛子のイラストが描いてあり、蓋《ふた》部分を回して中身を振り出す仕様だ。

手のひらにスッポリ収まるサイズの七味缶を手にすると、店員は、

「缶のデザインがお洒落《しゃれ》ですねえ」

と、感心して言った。

「かわいいでしょ。その缶を作る技術は特殊みたいよ。あと、唐辛子のイラストとかは、何代目かの社長さんがデザインしたものなんだって。蓋を回すとヘタの部分が振り出し口になってるの」

「へー、面白いな」

言いながら、ダミさんは手際よく挽肉《ひきにく》を炒《いた》める。炒めながら白髪ネギを氷水にさらしてキュウリの皮を剝《む》き、身を細切りにした。

「そういや、ケッペーちゃんの郷里でもお盆は天ぷら饅頭《まんじゅう》作るんだったよな？」

「うん。迎え盆の夜は天ぷらで、なか日《び》はそうめんとおやきの日って決まっているの。丸ナスっていって、京の水ナスとは違う種類の大きくてまん丸のナスがあるんだけど、それを輪切りにして甘味噌を挟んで、皮で包んで蒸し器で蒸《ふ》かすの。普通に食べて育ってきたけど、最近になってようやく、丸ナスは北信でしか作れない野菜と知ったんだよね。お刺身でも食べるのよ。サッと皮を剝いて蒸し器で蒸かして、冷蔵庫で冷やしてから、ワサビ醬油《じょうゆ》やショウガ醬油で食べるんだけど、白くてふかふかしていて甘みがあって、いくらでも食べられちゃうの」

「米ナスみたいな感じかい？」

「ううん。まったく違う。水っぽくなくて軽いのよ。ナスのお刺身、おやきに天ぷら、暑い日やお盆の間はどこのお家《うち》も同じメニューを食べてる気がする」

「いいねえ。一度食べてみたいな」

と、ダミさんが言うと、

「実家へ来ればご馳走《ちそう》するけど、丸ナスを使わないとあの味は出ないから」

心から残念そうに恵平は答えた。本当に美味《おい》しいものって、地元の人だけが知っていて、ありがたいとも思わずに普通に食べているんだと思う。

「肉や魚は食べないんですね」

と、店員が訊く。

「焼き鳥屋は上がったりじゃねえか」

「お盆は仏さんが帰って来るから殺生禁止で、精進料理しか食べないの。虫取りや魚取りも禁止だから、帰った日に取りだめしている子供たちを見たわ。虫カゴ一杯取っても、お盆の朝には逃がすのよ」

「へー」

と言いながらダミさんは、野菜と肉味噌が載った冷やし中華をカウンターに載せた。

「わあ、おいしそう~。いただきます」

天ぷらもそうめんも、おやきもナスの刺身も好きだけど、若い恵平はどうしても動物性タンパク質を欲してしまう。箸《はし》を持ち、麺《めん》に肉味噌を絡めながらゴマ油の匂いを吸い込んだ。こっくりとした味噌の辛さと奥行きが、全身に血肉を運んでくれる気がする。これでビールがあったなら、至福と言わずになんとする。

「美味しい。うん。サイコー」

　何度も頷《うなず》きながら麺を啜《すす》った。お土産に買うほど野沢菜漬けの佃煮《つくだに》が懐かしいのに、ダミちゃんの味にすっかりなじんだ自分を知って、恵平は妙な気分だった。

「足下に置いた紙袋、そりゃ、全部お土産かい？」

と、ダミさんが訊く。口の中のものをウーロン茶で飲み下し、恵平はまた頷いた。

「あれもこれもお土産にしたくて、気がついたらこんなになっちゃった。何か見るたび、これはペイさんに、とか、あれはメリーさんでこっちは徳兵衛《とくべえ》さんにって思っちゃう。これでも大分我慢したんだよ」

「いっそ『長野』を背負って帰ってくればよかったですね」

と店員が言うのを聞いて、ダミさんが「ははは」と笑った。

「それでおれっちに日本酒かい？　嬉しいね」

「ナイスチョイスですよ、ケッペーさん」

と店員が笑ってくれたとき、恵平は少しだけ自分のテンションの高さが恥ずかしくなった。早く気持ちを切り替えて、明日は本署のみんなにお礼を言って、警察官に戻らなきゃならない。子供は親の生き様をトレースするという父の言葉を裏切れない。

　会計を済ませて外へ出たとき、太陽はまだ燦々《さんさん》と照っていた。叫びながら飛んできた蝉が高架橋の柱にぶつかり、ジジッ！　と悲鳴を上げて飛び去っていく。

行き交う車に交差点の音、昼飲みを楽しむ人たちの笑い声、どこかで鳴ったクラクションを聞きながら、恵平は改めて街を見渡した。

歩道脇の樹木は風で梢《こずえ》が鳴るほどの大木ではないし、蝉たちは合唱もしていない。都会の蝉は夜に鳴く。夜でも気温が下がらず明かりも消えない都会の蝉は、しばしば夜に合唱している。初めはとても驚いたけど、今ではそれにも慣れてしまった。時間は東京の姿を変えて、蝉の生き様も変えていく。伝説のうら交番と、柏村さんとお祖《じ》父《い》ちゃん。そして私と平野先輩。間もなく消える地下道と、向こうから来ているかもしれない誰かのこと。すべてを見ていた東京駅の屋根部分が、高架橋の向こうに立っている。

地下道がなくなれば、二度とうら交番へは辿《たど》り着けない。

そうなれば、死のジンクスは覆せない。自分も死ぬが、平野も死ぬのだ。

恵平は「よし」と自分に言って、歩き始めた。

お土産配りは業務じゃないから、翌朝は三十分早く出勤した。

仕事の邪魔にならないように予《あらかじ》め部屋でメモを書き、お土産に貼り付けてから持ってきた。始業前と休憩時間にお茶を飲む警察署のみんなに選んだ品は、信州小布施《おぶせ》の栗落雁《らくがん》だ。忙しい中で気軽に口に入れられるという点で、栗庵風味堂《くりあんふうみどう》の『くり風味』にした。栗のかたちの落雁がキャンディのような個別包装で袋詰めされている。

みすゞ飴《あめ》もくり風味も、伝統のお菓子は見た目が地味で、プレゼント時、もらった人のテンションには期待ができない。でも、だからこそ……と、恵平はほくそ笑む。鑑識の重鎮で口の悪い伊藤《いとう》と、甘党の桃田の反応が見たいのだ。

総務課や生活安全課では課長のデスクに菓子を置き、刑事課へ行く前に鑑識の部屋へ顔を出す。ノックをすると、「はい」と、桃田の声がした。

「地域対策係の堀北です。朝早くから失礼します」

声をかけてドアを開けると、桃田と鑑識課長が指紋の照合作業をしていた。

「お疲れ様です」

菓子袋二つを手にして頭を下げると、課長が顔を上げて恵平を見た。

「堀北か。帰省したと聞いたが、もう帰ったのか」

「はい。それで、少しですけどお土産を持って来たので召し上がって下さい」

袋菓子を差し出すと、振り返って桃田が訊《き》いた。

「芋飴かなんか？」

色合いでそう思ったのだろう。狙い通りで恵平は鼻の穴をピクピクさせた。

「じゃなくて、信州小布施の栗菓子です」

「え。小布施の栗菓子って超高級品だよね」

「そうなのか？」

桃田は席を立ってきて、課長が受け取った袋のひとつを手に持った。

「って……落雁かぁ」

と、かなりガッカリした顔をする。してやったりと恵平は思った。

「栗おこわとか、栗かの子とか、高級なお菓子が有名ですけど、実は落雁がメチャクチャ美味しいんですよ。別格なので是非」

ソワソワと手をこまねいていると、課長が袋をひとつ開け、『取れ』と桃田に差し出した。気持ちはわかる。落雁なんて、お彼岸のお菓子みたいで甘いだけだし、恵平だって好んで食べようと思わない。でもこれは違うのだ。

案の定、桃田は遠慮がちに（嫌そうに）ひとつ取り、課長も恐る恐るひとつを手にした。恵平は期待でお尻《しり》の辺りがムズムズしてきた。

「薄いけど固いから、前歯で噛《か》まない方がいいかもです」

忠告するより早く二人はポイッと口に入れ、そして奥歯でカキンと噛んだ。

「ん。あれ？」

と、その瞬間に桃田が唸《うな》る。

「うむ」

課長も桃田の顔を見た。バリリ、ボキ、と音を立て、落雁が嚙み砕かれる音がする、そのあとはホロリと口の中で溶けていく。栗の香気を立てながら。

「わぁ、なんだこれ。おいしいな」

赤いフレームのメガネの奥で、桃田の瞳《ひとみ》が色を持つ。

彼は再度袋を持って、裏の表示を読み出した。

「俺も干菓子は苦手だが、これは旨《うま》いな。お茶にも珈琲《コーヒー》にも合いそうだ」

そう言って課長はもうひとつ食べた。恵平は自分が褒められたように嬉《うれ》しくなった。

「よかった。私は大好物だけど、見た目が地味なので、そこだけちょっと」

「や、ホントに美味しいね、驚いたな」

課長が袋をしまう前に桃田は中身を三つほど取り、素早く上着のポケットに入れた。

「栗の風味がすごい。甘さ控えめなのに奥行きがあって香ばしい。たしかにこれは一線を画した味だね。小布施の栗菓子恐るべし」

「食べたらみんな驚くんです。ピーチ先輩の、その顔が見られてよかったです」

「こうなると、がぜん他のお菓子にも興味が湧くね」

「そちらはご自分で試して下さい。お店ごとに味も違うので」

では。と、部屋を出ようとすると、

「八重洲口で起きた転落事件の話は聞いてる？」

と、桃田が言った。

「はい。昨日おもて交番で伊倉巡査部長に伺いました。亡くなった方の身元はわかったんですか？」

桃田に代わって課長が答えた。

「判明したが、諸事情あって公表は控える。現場の指紋などから事件性は低いと睨《にら》んでいるが、防犯カメラの映像も確認しないといかんので、場合によって堀北にも応援を頼むかもしれない」

「わかりました」

「平野なら会議室で映像を確認中だよ」

桃田からそう言われたが、作業を中断させては悪いので、お土産は河島《かわしま》班長のデスクに届けることにして、恵平は制服に着替えるために更衣室へ向かった。

朝礼を経て拳銃《けんじゅう》を貸与され、勤務交替のためにおもて交番へ向かうとき、署の窓口に小柄で白髪の男性がいるのを見かけた。飄々《ひょうひょう》とした風貌《ふうぼう》ながらピリッとした印象を持つその人は浅川《あさかわ》刑事の知り合いのようで、親しげに距離を縮めた様子を見ながら恵平は署を後にした。

　駐車場を歩いているとき、本日のバディ洞田巡査長が訊いた。

「なんだ。何か気になるのか」

「いえ。さっき窓口にいた男性は、浅川刑事のお知り合いかなと」

「白髪頭の爺《じい》さんか？　俺は知らない顔だが、そうかもな」

　平野の大先輩に当たる浅川は間もなく定年を迎える年だが、『ヌキの浅川』と呼ばれるほどに、犯人から自供を抜くことに長《た》けている。恵平も一度だけ取り調べを見学させてもらったが、犯人にお茶を勧めながら、我慢強く聞き役に徹していた。

　その様子を見たときに、自分には絶対無理だと恵平は思った。そのときの恵平は犯人への怒りと憎しみに燃え上がっていて、対峙《たいじ》したなら頭ごなしに総《すべ》てを否定し、自白を強要したことだろう。浅川のように怒りを堪《こら》えて、『本当に必要な仕事』ができる自信はなかったし、感情的になりすぎて言葉すら喋《しゃべ》れなかったかもしれない。むしろ感情が暴走して、泣き出していたかもしれない。

　自分たちは警察官で、起きてしまった事件に動揺し、被害者の痛みも遺族の悲しみも目の当たりにしたわけで、浅川も同じ思いだったはずなのだ。けれども彼は犯人を恫喝《どうかつ》することなく、被疑者が犯行に走った理由を知ろうとしていた。同様の犯罪を起こさないために、糾弾することよりも大切な仕事を冷静にやっていた。あのとき、怒りと興奮で血走った目つきの恵平に、平野が言った。

今、一番腹が立っているのは浅川さんだと。

　そのときから、浅川もまた恵平が仰ぎ見る先輩警察官の一人となった。

長く刑事を続けることは、様々な人の生き様に責任を持つことでもある。刑事は自分が携わった事件を忘れないし、立件できなかった事件と、その被害者や遺族のことは生涯案じ続けるという。刑事だった柏村も同じ思いでいたはずで、そんなふうに考えていくと、うら交番は警視庁刑事の執念が現代へと橋渡しする奇跡ではないかとも思う。凶悪犯を前にして、わずかな嫌悪感すら顔に出さずに相手をしていた浅川の、日に焼けて彫りの深い顔と静かな眼差《まなざ》しを見たときに、恵平は刑事という存在の、事件に対する執念深さと、もの凄《すご》さを感じたのだった。

「おもて交番前で無差別殺傷事件があったとき、私、浅川刑事の取り調べを見せてもらったんですけど……」

　交番までは徒歩で行く。歩きながらそう言うと、洞田は振り向きもせずに、

「そうか」と、言った。

「どうだった？」

「凄かったです。忍耐強くて、飄々として、決して犯人を追い詰めすぎたりしないんです。それなのに甘やかしているふうでもないし……犯人は、浅川さんと正面から向き合えないでいたんです。正直なところ、そのときの私は犯人憎しの感情しかなくて、摑《つか》みかかって自白を強要したいくらいでした。けど、あとから冷静になって考えてみると、犯人はすでに現行犯逮捕されていたわけで、重要なのはそこじゃなかったんだなって……警察学校で学んできたのに全然応用できなくて、とにかく、浅川さんみたいにはできないなって」

四角いメガネで四角い顔で、四角い体つきの洞田は、チラリと恵平を振り向いた。

「誰だって最初からベテランじゃないさ。自己分析できるだけでも偉いと思うぞ？　それに、あの人は血の気が多くて有名だったって話だよ」

「ウソでしょ……ほんとうですか？」

洞田はさも可笑《おか》しそうに、

「警察官になる前は、浅草《あさくさ》でストリップ劇場の大道具を造っていたそうだ」

「ストリップ劇場ですか」

「そうだ。けっこう儲《もう》けていたって話だが、育ててくれた姉さんが警察官と結婚すると決まったから、すっぱりとヤンチャをやめて採用試験を受けたらしい。警察官は身内に怪しい人物がいる相手と結婚できないからな」

「……ストリップ劇場」

と、恵平はまた呟《つぶや》いた。

「浅川さんの武勇伝って知ってるか？」

「いえ。大先輩過ぎて、お話ししたこともまだないです」

「まだ劇場の小僧だったころ、親方に連れて行ってもらった寿司《すし》屋でヤクザとケンカになったんだってさ。ついに相手がドス抜いて、『おもてへ出ろ』って凄まれたとき、浅川さんは『おう』って言って、ドスはないから、持ってた道具箱からノコギリ持って外へ出たって」

ドスにノコギリで応戦とは想像すると笑えるが、いずれにしても、取調室で犯人に飄々とお茶を勧めていた浅川からは想像できない。

「で、暖簾《のれん》をくぐってノコギリ振り上げ、向き合ったところでヤクザが、『お見それしました』と折れたって。『失礼ながら、兄さんはどちらの組のお方ですか？』と」

「浅川さんは、なんて答えたんですか？」

「『浅草ロック座』とも言えないからよって、笑ってた。その後はヤクザと飲み直して手打ちにしたらしいが、若い頃は喧嘩《けんか》っ早《ぱや》くて、上司にも平気で喰《く》って掛かるし、暴走族かチンピラかって風貌の、まあヤンチャだったたって話だよ」

そして洞田は足を止め、

「だからだよ。浅川さんが連中の懐へ入り込めるのは」

と、恵平に言った。

「最初からああじゃなかった。叩《たた》き上げで、端《はな》から出世は望んでいない人だけど、浅川さんの功績はでかいよ。今では貴重な昭和の刑事って感じだよな」

昭和の刑事と言われると、柏村のことを思い出す。その柏村も恵平が知る限りは交番のお巡りさんなので、昭和時代は近くて遠いということだ。

おもて交番で業務の引き継ぎを終え、山川たちと交替して立番《りつばん》に出た。歩道の庇《ひさし》が日陰を作っているものの、アスファルトやビルの蓄熱でムシムシとする。それでも風は少しだけ夏の衰えを感じさせるようになってきた。

向かいの商業ビルと歩道をつなぐ横断歩道で、今日も大勢の人が青信号を待っている。浅川が取り調べをした犯人は、一ヶ月ほど前にその場所で無差別殺傷事件を起こした。恵平はそれ以来、信号機が通行可能のメロディを鳴らすたびに冷や汗が出る。

普通に振る舞ってはいるけれど、音で惨劇の記憶が蘇《よみがえ》り、車道に流れた血の跡や、犯人が全身からほとばしらせていた悪意と悪臭を思い出す。倒れた人の幻が見えることもある。

熱波で制帽の中が蒸れ、額に汗が滲《にじ》んでいく。

それでも交番に立ち続けるのは、二度とあんな事件を起こさせたくないからだ。見慣れた景色や人の流れに不自然さを感じられるかどうかが警察官の勘所だと、あのとき思い知らされた。ただ立っていればいいわけじゃない。起きるはずがない惨劇の、その一瞬の一歩手前を、見極められる人になりたい。

立ち始めてしばらくすると、交番の中から洞田に呼ばれた。丸の内西署から電話が掛かっていると言う。立番を代わって電話に出ると、それは桃田からだった。

――仕事中に悪いね――

と、桃田は言った。

「いえ。大丈夫です。どうしましたか？」

訊《き》くと電話は平野に代わった。

――平野だが、今いいか？――

まさか落雁《らくがん》のお礼ではあるまいと思いつつ、「はい」と言う。

――今朝ＳＢＣ（捜査支援分析センター）から、浦野《うらの》ってオッサンが河島班長を訪ねて来たんだが――

「その人ならたぶん本署で見ました。河島班長ではなく、浅川刑事とご一緒でしたが」

――見たのか、なら話が早い……ってわけにはいかないんだな、これが――

平野はコホンと咳払《せきばら》いしてから、

――要は今夜の七時半過ぎ、ダミちゃんに四席取って欲しいんだけどさ――

と言った。

「わかりました。夏休みで空《す》いているので大丈夫だと思います。けど、それって職務中に電話してくるほどの重要事案ですか？」

訊くと平野は気怠《けだる》いため息を吐いて、説明を桃田に代わった。

――そのとき堀北も同席して欲しいんだよね。というのも――

と、桃田が喋り始めた後ろで、「んじゃな」と去って行く平野の声がした。

――浦野さんは浅川刑事の同僚で、もともと捜査一課にいた人なんだよ。退官して今は科学警察研究所の犯罪予防研究室に籍がある。過去の未解決事件をファイルにまとめているんだってさ――

「……はい」

話の要点がわからないので生返事をした。桃田は続ける。

――その彼が河島班長を訪ねてきたのは、不明人物のＤＮＡを、ぼくらが鑑定したからなんだ――

「あっ」

と、恵平は小さく叫んだ。

少し前、恵平たちは毛髪と爪を民間のＤＮＡ検査機関に送った。柏村の遺族が提供してくれた警察官時代の遺品に交じっていたものだ。説明文やメモはなく、当時の捜査手帳や交番日誌と一緒に丁寧に保存されていて、証拠品らしき物を見ると調べずにいられない性癖の桃田がＤＮＡ鑑定にかけたのだ。半ばお遊びみたいなものだと思っていたら、桃田はさらにその鑑定結果を警視庁の事件ファイルと照合した。すると昭和の毛髪や爪が、現代に起きている未解決事件ファイルのＤＮＡと一致したのだ。

「もしかしてその人は、あの事件について調べてるんですか？　同じＤＮＡが液化装置のコントローラーから採取されているから」

その事件はわずか二ヶ月前、恵平がまだ警察学校に通っているときに起こった。感染症禍で人通りが絶えた夜の街で、ホームレスが次々に拉致《らち》されて、清掃工場のゴミ集積プールから遺体が出たのだ。捜査の過程で浮かび上がったのは、事件が起きる半年前にもマイクロバイオームから人骨の欠片《かけら》が見つかっていたということだった。

——ぼくもそう考えている——

と、桃田は答えた。なるほど、これは職務中に電話してくるべき一大事だ。

「それでどうなったんですか？　何か訊かれたとかですか」

——どうもこうも。ＤＮＡ鑑定を依頼したのは丸の内西署じゃなくてぼくだから、河島班長も浅川さんも、そっちの話はちんぷんかんぷんでさ——

「ですよね。毛髪や爪だって、たまたまピーチ先輩が個人的興味から鑑定依頼しただけですもんね」

——そういう言い方をする——

と、桃田は笑った。

——アレを鑑定に出したのは、柏村さんからのメッセージじゃないかと思ったからだ。わざわざ証拠品を残してさ、未来のぼくらに伝えたいことがあるんじゃないかと——

「たしかにそれでＤＮＡが一致したわけですから……。でも、その方にはどう説明したらいいんでしょう。タイムスリップのことを話しても、信じてもらえるはずないですし」

恵平が心配していると、

――純粋な興味から自費で鑑定したと言っておいたよ。班長の前で経緯を説明すると、ややこしくなるし――

桃田はそこで言葉を切って、困ったような声を出す。

――で、当然ながら、毛髪と爪の出所はどこかって話になるよね――

「そうなりますよね」

恵平も頷《うなず》いた。一呼吸置いて桃田は言った。

――だから『ダミちゃん』。これでわかった？　幸か不幸か、班長たちは転落死事件の捜査で忙しかったから、助かった。ぼくも忙しいフリをして、浦野さんには仕事終わりにそこで待ち合わせて話しますと言ったんだ。だから堀北にも来て欲しい――

「わかりました。お昼休みに電話して、席をとっておいてもらいます」

――ビールケースの席がいいかな。人に話を聞かれたくないし――

「はい」

と返事をしてから恵平は訊いた。

「転落死事件のほうはどうですか？」

――鑑識の仕事はほぼ終わるところだよ――

「諸事情で身元は明かさないと課長が言っていましたけど」

――うん。なんか資産家の息子らしくて、それで事件を疑ったんだけど、どうも事故のようだから、内々に処理されるんじゃないかと思う。防犯カメラを確認しても被害者以外に不審人物は映っていないし、被害者は泥酔状態だったから、酔っ払って落ちたのかもね。一応平野は被害者の住まいも見に行ったようだけど――

お盆のさなかに事故死するとはお気の毒。ご家族はさぞかし驚いて、悲しみに暮れておられることだろう。

恵平はそう考えながら電話を切った。

午後七時過ぎ。

勤務終わりにシャワーを浴びて、私服に着替えて呉服橋のガード下へ向かった。

平野や桃田とは更衣室が別で、様子がわからないから一人で急ぐ。

時間がないときは地下道を通るのが便利だが、署の近くにあって取り壊し予定の古い地下道を使うと、意図せず昭和へ呼ばれてしまうことがあるので避けることにして、恵平は八重洲口側から地下を通って呉服橋を目指した。

　夏でも冬でも一定温度で、店舗の飾り付けや通行人の服装でしか季節を感じない地下道を、大股《おおまた》でズンズンと歩いて行く。地下道も人通りが激しくて、誰も彼もがキョロキョロするのは恥ずかしいと思っているように真っ直ぐ進む。いつの間にか恵平も、その人たちの一人になって流れて行く。

　配属されたばかりのころ、角を曲がるたび覗《のぞ》き込むようにして先を見ていた自分はもういない。巨大な駅も地下街も、今では魔法が解けたみたいに掌握し、複雑に折れ曲がった通路さえ、頭の中の図面を見ればさほど広い場所ではないと知る。

　恵平は最短距離を通って出口へ向かった。

　地上は蒸し暑く、脂と排気ガスと焼けたアスファルトの臭いがしていた。

　席を予約しておいたダミちゃんには、日陰になったビールケースの席に桃田が来て座っていた。テーブルには四人分のおしぼりが置かれているが、まだ注文はしていないようだ。

「ピーチ先輩、お疲れ様です」

　先に暖簾《のれん》をくぐって、ダミさんに到着したことを知らせた。再び席に戻って、

「浦野刑事はまだですか？」

　と訊《たず》ねると、桃田が立ち上がって、

「来たよ」

と言った。

本石町《ほんごくちょう》のほうから老齢の男性が、ピンコロ石の歩道をやって来る。朝見たときと同じ半袖《はんそで》シャツにグレーのズボンのその人は、伸びかけた白髪が顔の両側でクルクル巻いて、頭にモップを載せているみたいに見える。痩《や》せて猫背の小柄な浦野は、メガネの奥から桃田と恵平を覗き込むようにして会釈した。

恵平も立って腰を折る。

「浦野さん。お呼び立てしてすみませんでした」

桃田が言って、恵平を紹介してくれた。

「こちらは同僚の堀北巡査です」

「初めまして。堀北です」

「浦野です」

恵平が緊張しながら名刺を出すと、浦野はそれを受け取ったけれども、自分の名刺はくれなかった。ビールケースの椅子に座ってアスファルトの上に鞄《かばん》を置くと、ひったくり対策に位置をずらして膝《ひざ》裏で押さえる。桃田が座るのを待って恵平も座った。

「後からもう一人、組対《そたい》の平野刑事が来ます」

桃田が話している間に、恵平はメニューを浦野に渡した。

「せっかくだから生ビールをもらおうかね」

「ジョッキでいいですか？」

「そうだね。それで」

「じゃ、ぼくも」

恵平がオーダーのために立ったとき、こちらへ向かってくる平野が見えた。だから勝手にビールを四杯頼む。ダミさんは「あいよっ」と言って、お通しのマカロニサラダを恵平に持たせた。お盆で運んでテーブルに載せたとき、遅れて平野が到着した。

浦野と挨拶《あいさつ》している間に恵平はトレーを返しに戻り、代わりにキンキンに冷えた生ビールを受け取った。

「わるいねケッペーちゃん」

と笑うダミさんに「いいよ」と言って、店員よろしくビールを運ぶと、すでに平野も席に着いていた。

それぞれにビールを配り、自分の席にもビールを置いて、恵平は桃田の隣に座った。浦野が先にジョッキを握り、ちょいと持ち上げてからグイグイ飲んだ。見事な飲みっぷりだった。そしてジョッキを置くより早く、顔も上げずにこう訊《き》いた。

「個人的な鑑定依頼だったんだって？　それなのに、捜査ファイルにアクセスしたのはどうしてなんだね」

恵平たちは互いにチラリと視線を交わし、代表で桃田が答えた。

「犯罪への関与の可能性を調べたかったんです。個人的な興味から」

もっと反応するかと思ったが、浦野は「ほう」と言ってから、

「あのＤＮＡは誰のものか、私はそれを知りたいんだがね」

次に口を開いたのは平野だった。

「浦野さんは何かの捜査を？」

浦野はようやく顔を上げ、平野の顔を見て言った。

「……いや。今は単なる資料係で、捜査権はないのだよ。後方支援といえば聞こえはいいが、過去の事件をデータに起こしてアップしていく仕事をしている」

だが、そう言う浦野の瞳《ひとみ》はまったく枯れた気配がなくて、むしろギラギラと光って見えた。その光に、恵平は柏村を思い出す。

「結論から言うと、ぼくたちもあれが誰のＤＮＡか知りたいんです。それで、浦野さんのお話を聞かせてもらおうと平野や堀北を呼びました。説明させて頂きますね」

桃田は身体を乗り出した。

「ぼくが鑑定に出した毛髪と爪ですが、見つけてきたのが堀北です」

それで恵平もこう言った。

「あれは昭和三十五年の人質立てこもり事件で殉職された警察官の遺品にあったものでした。その人は柏村巡査といって、ときわ橋の近くにあった東京駅うら交番に勤務していました」

浦野はわけがわからないという顔をした。

「どういうことかね？　半世紀以上も前の毛髪と爪？」

「……ええと……」

恵平は考えた。どう伝えたら浦野に納得してもらえるだろうか。

生前の柏村を知っていると話しても信じてもらえないだろうし、タイムスリップに至っては、ふざけた若者だと思われてしまうかもしれない。

そのとき祖父の言葉が頭に響いた。

——人とは魂で接しなさい。それで躓《つまず》いたとしても恥じないことだ——

恵平はきゅっと唇を噛《か》み、座り直して体の正面を浦野に向けた。

「柏村巡査とうら交番の秘密を明かしたいと思って、調べたんです——」

浦野は無言で眉《まゆ》をひそめ、やがて片方の眉だけ上げた。

「――警視庁ＯＢの方々のあいだで囁《ささや》かれている都市伝説をご存じでしょうか。都内のどこかに昭和の交番があって……」

「行った者は一年以内に命を落とすというアレかね」

「……ご存じでしたか」

ベテランの浦野が噂を知っていても不思議じゃないが、ハッキリそう言われると、恵平は心臓がきゅっと縮んだ。

「実は、私と平野先輩は、その交番へ行ったことがあるんです。柏村さんにも会っています」

浦野は否定も肯定もしなかった。その代わり、黙ってジョッキを傾けている。

平野も言った。

「嗤《わら》われるかもしれませんけど、本当です。自分たちは度々その交番に行き着いて、柏村巡査から捜査の心得や、過去に起きた事件の話を聞いたりしました。初めはまさか、半世紀も前になくなっている交番に自分がいると思わなかったんですが、やがて、どう考えても昭和に来ているんだなと信じるようになりました。当然ながら、いや、不思議なことに……？」

平野はわずかに首を捻《ひね》ると、

「そこはまあ、どっちでもいいか」

と、自分に言った。

「柏村さんのほうでも、度々現れる俺たちのことを不審に思ったようで、ある日、東京駅おもて交番に婦警はいないし、丸の内西署にも平野という刑事はいない。きみたちはどこの誰かと質問されたわけですよ。そこでケッペ、堀北が身分証を提示して、自分たちは二十一世紀の警察官だと打ち明けたんです。自分たちの時代ではDNA鑑定の精度が格段にアップして、冤罪《えんざい》事件が減ったと話し……ここから先は想像ですが、柏村さんの遺品の中から毛髪と爪を見つけたとき、堀北の話を信じた柏村さんが証拠品を二十一世紀に残したのではと考えたのです」

平野は言葉を切って、ビールを飲んだ。

「……やっぱり変ですよね。こんな話は」

諦《あきら》めがちに平野が言うと、桃田が続けた。

「ぼくは交番へ行ってないですが、警察官が昭和の交番に迷い込む話は、署の先輩も知っていました。亡くなった同僚が同じ経験をしていたと」

「うむ。私も話は知っている。殉職された警視総監殿がその交番について調べさせていたからね……だが、そうなのか……」

浦野は真面目な口調だった。頭ごなしに否定してこないのは、浅川の取り調べテクニックと通じるところがあるようだ。

「君たちの話を眉唾《まゆつば》と言うつもりはないよ」

浦野が再度言ったので、恵平たちは顔を見合わせ、代表して平野が話した。

「では、俺たちが一年以内に死ぬジンクスを気にしていることも理解していただけますか？　二人ともピンピンしてるし、焦ってませんが、一番は、不思議でいたたまれないんです。ただのジンクスに過ぎないと九〇パーセントは信じているのに、実際に昭和の交番で、生きた柏村さんと会ってるわけで。この謎を解明しないとケツの据わりが悪いと言うか、そんなバカなと思いつつ、またも昭和に行けちまうとか……こんがらがってくるんです――」

赤裸々な平野の気持ちを、恵平は初めて聞いたと思った。不思議は不思議のままにして、ぼんやり受け入れてしまう自分と違って、平野の声は切実だ。

でも自分だって、と、恵平は思う。

あとわずかで先輩が死ぬと考えたなら、焦りと恐怖で気が変になりそうだ。

「――そこで色々調べたら、柏村巡査の息子さんがご存命だと知ったんです。話してみると、前の警視総監殿が、やはりうら交番のことを聞きに来たことがあるそうで、ご本人も噂のことは知っていました。肇《はじめ》さんというんですが、亡くなったお母さんが柏村さんの警察官時代の書類を保管していたというので、提供して頂いたんです。肇さん本人も交番の謎を知りたいと仰《おつしや》って、色々協力してくれて……桃田が事件ファイルと照らし合わせたのも、柏村さんが未解決事件の犯人もしくは何らかの情報を、俺たちに教えようとしたのではないかと考えたからで」

「ぼくが調べたときも半信半疑で、まさかマイクロバイオームで同じＤＮＡが出ていたとは思わなかったんです」

桃田が言うと、浦野は驚いたように眉根《まゆね》を寄せて、

「何だって？」

と訊いた。恵平たちは再び顔を見合わせた。

「マイクロバイオームの件でお見えになったのでは？」

「いやいや……ちょっと待ってくれ」

浦野は桃田に手を挙げて、またもビールをひと口飲んだ。

ジョッキを置くと、気持ちを切り替えるように俯《うつむ》いて、首を傾げてから、

「その現場にも同じＤＮＡがあったということか」

と訊《き》く。

「はい。その件じゃなかったんですね？　俺はてっきり……」

平野は言って、説明をした。

「六月に都内で起きたホームレス拉致《らち》事件のことはご存じで？」

「聞いてはいるが、詳しいことはさっぱりだ。私の部署は現行の事件に疎いのだよ。それはどんな事件かね」

今度は恵平が話し出す。

「あのときは感染症禍で、街から人が消えましたよね？　夜間は特に人がいなくて、繁華街で見かけるのはネズミばかりになったんですけど、そのときに、夜の路上からホームレスの人たちが何人も消えてしまったんです。そして清掃工場のゴミ集積プールから、バラバラ遺体となって見つかりました」

平野が続けた。

「当初は事故を疑いましたが、調べていくと、とても悪質な事件だったと判明しました。感染症禍で収入が減って、すぐにでも小金を稼ぎたい者たちを悪意の第三者がネットで勧誘、分業で起こさせていた事件だったんです。ゴミ収集のパッカー車を貸した者、運転した者、ホームレスを泥酔させた者、ゴミ収集車の荷箱に積み込んだ者、清掃工場へ運んだ者……実行犯はそれぞれが犯罪の一端のみを担わされていたために、誰も殺人に加担したことを知らなかったんです。それどころか、殺人が起きたことすら知りませんでした。首謀者も動機も不明です」

平野に続いて桃田が言う。

「捜査段階で過去に起こった同様の事件や事故を調べていくと、ホームレス失踪《しっそう》事件の半年ほど前にも、マイクロバイオームを用いた生体処理施設からホームレスの骨の一部が見つかっていたとわかりました。こちらは事件として立件できていませんが、問題のＤＮＡは工場内にある液化装置のコントローラーで見つかったんです」

浦野は興奮した表情で顔を上げ、桃田を見つめた。

「それは都内の話かね」

訊かれて恵平が答える。

「月島《つきしま》署の案件でした」

浦野は啜《すす》るようにしてビールを飲み干した。

「おかわりしますか？」

恵平が訊くと、「焼き鳥も頼んでこいよ」と平野が言うので、またも席を立っていく。暖簾《のれん》を持ち上げただけで、察しのよいダミさんが任せときなと頷《うなず》いたので、浦野のビールだけオーダーして、その他はお任せにしてしまった。

席に戻ると、浦野は自分のメガネを拭《ふ》いていた。汚れているからではなくて、考えをまとめているようだった。

恵平がビールケースの椅子に座るのを待って、メガネを掛けて、

「そうか……きみたちも、ＤＮＡが誰のものかはわからないというんだな」

自分に言い聞かせるかのように呟《つぶや》いた。

「そうです」

と、桃田が明快に答える。

「柏村とかいう昭和の警察官なら、誰の毛髪と爪か知っていたのだろうか」

「知っていると思います。メモや手紙は一切なかったんですが、柏村さんは自分が殉職することを知らなかったので、書き残す時間がなかっただけかもしれません。証拠を集めているうちに、事件に巻き込まれて亡くなったのかも」

「未解決事件の情報だったと思うのだね」

「本当のところはわからないですけど、柏村さんという警察官のことを知れば知るほど、徒《いたずら》にそれらを残したとは考えにくくて、意味があると思います」

浦野はしばし無言でいたが、店員が新しいビールを運んで来るとようやく言った。

「ふむ……では、私の話も聞いてもらおう……さっきも少し話したが、私は科学警察研究所に籍を置き、犯罪予防研究室に勤務している。もはや警察官ではなく事務職員だ。その部署を『資料課』などと呼ぶ者もあるが、やっているのは過去の事件調書のデータ化で……うむ。この際だから話してしまうが、過去の事件を調べるために、早期退職をしてそちらへ異動したのだよ。というのも、独自で追っている事件があって、それを調べたかったからだが」

「資料課でないと得られない情報の事件ってことですか？　広域事件か、すでに迷宮入りしている事件ですかね。一応の決着は付いている……か、事件としては立件されていないのか」

　マカロニをつまみながら平野がつぶやく。

　自分たちにとってのターンボックスとおんなじだ、と恵平は思った。

柏村の時代にも存在し、人知れず現代でも暗躍していると思《おぼ》しき死体売買組織と、そこが起こしたと思しき事件。ターンボックスは実行犯の背後に隠れ、証拠になる手がかりを残さない。そうした組織が存在するという気配や可能性だけをチラつかせるが、捜査のために近付こうとすればすぐさま消える。

恵平たちも何度か犯罪の気配を感じたことがあったのだけれど、尻尾《しっぽ》を掴《つか》むより早く消えてしまった。その組織はネット上では『匣《はこ》』を名乗って、あらゆる過ちや犯罪を『なかったこと』にする。『匣』など、ただの都市伝説だと嗤《わら》う者もいる。ホームレスが拉致された事件も、この組織が人体抹消実験のために起こしたのではないかと、恵平たちは考えているのだ。

「浦野さんが追っているのはどんな事件なんですか？」

「うむ……」

浦野は膝《ひざ》裏に隠していた鞄《かばん》を引き寄せ、中から捜査手帳のようなものを引っ張り出した。

「以前、私は警視庁捜査一課の刑事でね」

ページをめくりながら言う。

警視庁の捜査一課は花形部署で、そこに所属する捜査員だけが『S1S mpd』と金で刻印された赤い丸バッジの装着を許される。刻印の意味は『選ばれし捜査第一課員・警視庁』。事件が起きて所轄署に捜査本部が立つと、本庁から赤バッジを着けた捜査員たちが送り込まれ、所轄の刑事とペアを組んで捜査に当たる。一課の刑事には社会的影響力の大きい事件を捜査してきた実績がある。その彼らが、経験は少ないが地元の事情に明るい所轄の刑事と組むことで、互いのノウハウを最大限に発揮して事件解決に貢献するのだ。

丸の内西署に捜査本部が立ったとき、恵平は彼らの勇姿を間近で見たし、平野がベテラン捜査員と組んで、その後みるみる顔つきが変わっていったことも知っている。警視庁捜査一課の捜査員は、平野はもちろん恵平や桃田にとっても見上げるような存在だ。一課の刑事は午前中に書類仕事を終わらせて、午後はたとえ事件がなくても地域の有力者や情報源を〝檀家《だんか》まわり〟して、有力情報を得るためのルートを確保しているという。彼らは警視庁犯罪捜査の要《かなめ》なのだ。

そこにいた浦野が赤バッジを返納してまで追いかけたかった事件とは何か。

恵平はテーブルの下で拳《こぶし》を握った。

「初めは三年前になる」

と、浦野は言った。

「大久保《おおくぼ》で『立ちんぼ』の一斉摘発をしていた捜査員が、補導した女を私のところへ連れてきてね」

話だけなら恵平も知っている。

大久保の立ちんぼとは、大久保公園あたりで客引きをしている街娼《がいしょう》のことだ。公園の近くに安価なラブホテルが多いこともあり、数年前から街頭に立つ女性が増え始めたという。多くがプロの娼婦ではなく、小遣いや生活費に困った普通の女性で、SNSを使って客を呼んだり、その場で客を探したりする。買う側の男性を摘発することはできないから、捜査員は客を装って話を聞いたり、補導して然《しか》るべき施設を紹介したり、生活保護申請ができることを伝えたりする。安易に金を得ようと売春してトラブルになったり、犯罪に巻き込まれたりするケースが多いのだ。

「補導された女が言うには、友人が消息不明になっているので捜して欲しいと」

「消息不明が不自然だってことですか？」

と、平野が訊《き》いた。

「まあ、普通なら、捜査員だって一課の刑事に相談したりはしない。ただ、立ちんぼの女性が消えるという噂は、当該捜査員も知っていたようだ」

「失踪時はどういう状況だったんですか」

今度は桃田が訊いた。浦野は初めてお通しのサラダに箸《はし》をつけ、驚いて、

「旨《うま》いな」

と唸《うな》った。卵とマカロニのサラダはダミちゃん一番人気のお通しだ。

「その時点での数日前になるのだが、補導された女は、友人ではなく別の女性と立っていた。前日に些細《ささい》なことでやり合って、気まずかったというんだな。二人は安アパ

ートを共同で借りて住んでいたんだ。しばらくすると友人が消えたので、客を捕まえたなと思ったそうだ。すると一緒にいた女が妙なことを言う。『単独の立ちんぼが消えると帰って来ないよ』と」

「どういう意味ですか」

　恵平が訊いたとき、焼き鳥が盛り合わせで運ばれてきた。ネギ塩の上にパラパラと振ってあるのはお土産に買ってきた七味ごまだ。熱いうちにとそれぞれ好みの串《くし》を取り、食べていると浦野が言った。

「街娼とわかりにくいよう、女たちは普通の待ち合わせを装って立つ。一人ではなく複数人で、公園のスポーツを見学している振りもする。万が一犯罪に巻き込まれたときも、誰かが相手の人相風体を証言できるように仲間の近くで客を引くのだ。そして客がついたとき、周囲の女たちが相手の写真を撮っておく。互助関係というかね、単独行動は危険が多いということも、よくわかってやっているんだよ」

「以前にもそういう事例があったってことですか」

「補導された女の友人は、そのまま消えて、帰らなかった。電話すると呼び出し音は鳴るのだが、出ない。しつこく掛けているうち不通になったと言うんだな。その日のうちに」

「うん……そりゃまあたしかに妙ですね。今どきの子なら余計に、命のスマホをバッテリー切れのままにしておくはずがないからな」

と、平野は言った。

「それで浦野さんはどうしたんです？　ぼくは書類を書かせるくらいしか思いつきませんけど、他にも消えた人というのは……」

「私もすぐさま何かしたわけじゃない。犯罪に巻き込まれたという証拠もないし、数日してから帰って来るということもある。結局はそのままになってしまった。ところが翌年、私は偶然似たような失踪《しっそう》事件を書いた雑誌の記事を読んだのだ。そして大久保の女性のことを思い出し、地元署の生活安全課で話を聞いてみたのだよ」

浦野は一呼吸置いてから、また喋《しゃべ》り始めた。

「新宿《しんじゅく》で消息を絶ったと思しき若い女性の行方不明者届はかなりの数を受理していてね。すべてが同じケースとも思えないから、一件一件を精査して、女性から聞いた話と似た状況で失踪したものをピックアップしていったのだが、『立ちんぼ』は素人でメンバーがしょっちゅう代わるし、プロではないから仲間意識もないしで上手《うま》くいかない。ところが今月、特異行方不明者とされる一番新しい失踪事件が、またも大久保で起きてしまった。この事件を追いかけていくと興味深いことがわかった。この件の不明者は十七歳の高校生だが、援助交際目的で大久保公園にいたために、両親が未《いま》だに公開捜査を渋っている。気持ちはわかるが、そうなると警察もお手上げだ」

恵平は研修中に知り合った女子中学生のケースを思い出した。ただの生理と思っていた少女が違法堕胎薬による大量出血で急死したのだ。そして子供たちに安価で薬を提供している『匣』の存在を知った。一見大したことではないように思えても、その裏に犯罪が隠れていることはある。

「じゃあ、捜索はしなかったんですか」

「公に情報を募ってはいないが、捜索はしている。所轄で防犯カメラ映像を入手していたので見せてもらったら、失踪時の映像に、フットサルを見学していた当該少女がスマホを確認したあとその場を離れる様子が映っていた。向かった先が公園のトイレで、入るところは映っているが、出てくるところは映されていない。トイレでことに及んだふうもない。トイレ内部を捜索しても、死体も少女もみつからない。奇妙な消え方だ。しかも、その後の足取りがわからない。周辺の防犯カメラに少女が映っていないことから、車に乗せられたと考えられる。車両捜査支援システムの映像も調べたが、少女の姿は拾えない。あれは車内の様子も映り込むから、後部座席に伏せさせておくか、荷台に乗せるかしないと姿は隠せない。それができたなら、最初から犯罪目的の、しかもかなり手馴《てな》れた拉致《らち》だといえる」

「……え。じゃ、まさか」

と、平野が唸る。

「浦野さんのところへ相談に来た女性の件も、その当時に防犯カメラ映像を調べたんですよね？　同じ消え方だったというのでしょうか」

桃田が訊くと、浦野は一度頷《うなず》いてから、残念そうに首を振った。

「当然そうした。が、そちらの場合は情報が届くのが遅すぎて、映像が上書きされた後だったんだ。私は現場のトイレへ行ってみた。すると、女子トイレではなく、スタッフが使用する道具置き場に、ゴミコンテナを出し入れするための外部扉があったんだよ。コンテナをずらして腰を屈《かが》めれば、そこから外に出ていける」

「少女はそこから外へ出た？」

と、桃田が訊いた。

「なんのためにそんな面倒臭いことを――」

呟《つぶや》きながら、恵平はゾッとしてきた。たしかに事件の臭いがする。

「――少女を呼び出した者は、一緒にいるところを見られたくなくてトイレから裏へ誘導した？」

「そう思う。聞き込みすると、身分を明かしたくない相手が使う手のようだ。あそこはそれができるから、金払いのいい相手を摑《つか》めると証言した街娼《がいしょう》もいるらしい」

「じゃあ、トイレのルートは彼女たちには知られていたってことなんですね」

「結局、消えた女性は見つかっていないんですか」

恵平と桃田が交互に訊くと、浦野は自分の手帳を何枚もめくった。

「そうだ。当時、私が大久保の話に興味を持ったのには理由があってね。きみたちは知らんだろうが、こちらの事件は八年前だ。ほとんど報道もされなかったし、事件として立件もされていないが、わかっているだけで五人の女性が行方不明になる事件が起きているんだ。どの女性も東京へ行くと言って、その後消息を絶っている。

私は消えた女性のうちの一人と、たまたま東京駅で会ってるんだよ。もちろんそれは偶然だ。乗り場がわからなくて迷っているのを、教えてあげただけなのだがね。わずかに感じるところがあった」

「感じるところってなんですか？」

恵平が訊くと、浦野は答えた。

「刑事の勘だよ。しかし深く考えずに、すぐさま別れた。職務中で忙しかったこともあり、乗り場を教えてそのままにした。けれども後に不法就労の外国人女性が五人も行方不明になっているという地方紙の記事を読み、そこに彼女の写真を見たとき、自分のずさんさを呪ったのだよ」

桃田が「あっ」とジョッキを置いた。そして平野のほうを向き、

「ほら、あの事件だよ。岡山の」

平野は眉間《みけん》に縦皺《たてじわ》を寄せて、

「岡山？　なんだっけ」

と、短く答えた。

「説明しようとしたら、複雑な話は聞きたくないって平野に断られた事件じゃないか」

「聞いてないなら知るわけないだろ」

桃田は浦野に目をやって、

「データベースでＤＮＡを照合したとき、その事件もヒットしてきたんです。浦野さんが来たのはそっちの話だったんですね？　不法就労の外国人女性が、労働申請の手続きにいくと東京へ出かけて行方不明になる。わかっているだけで五人も消えた。ただ、女性たちは不法滞在の状況で、自ら失踪した可能性もあり、詳しい捜査はされてない。記者の独自取材によれば、五人に申請手続きを斡旋《あっせん》した男がいたらしい。しかも、消えた女性の一人が妹に煙草の吸い殻を託して、もしも自分に何かあったら、こ

れを警察に届けて欲しいと伝えたという」

「その記事だ」

と、浦野は答えた。

「ん。マジか、それがあのＤＮＡってか。煙草の吸い殻？」

平野が身を乗り出すと、

「そうじゃないよ」

と、桃田は苦笑した。

「だから複雑だって言ったんだ。件《くだん》のＤＮＡはフィルターの唾液《だえき》から採ったものじゃないんだ」

「消えた女性が、店で着ていたドレスのポケットに千切れた名刺を入れていたのだ。捜査員が自宅を調べて名刺に気がつき、ＤＮＡはそこから採取されたものだ。Ａ型のアジア系男性だ」

毛髪と爪の持ち主と同じだ。

「名刺は誰のものですか」

「失踪《しっそう》女性本人だ。名刺は初見の客に配るもので、おそらくは、受け取った人物が破いて店の外に捨てたのだろう。彼女は自分の名刺が捨てられているのを見つけて拾い、ポケットに入れた」

「……煙草の吸い殻の人物は、俺たちが追ってるヤツとは違うってことか」

と、平野が言った。

「そうだよ。そっちじゃなくて名刺を破いた人物ね」

桃田は言って、焼き鳥を齧《かじ》る。二人を意に介さずに、浦野は続けた。

「失踪女性が煙草の吸い殻をどうやって手に入れたかは不明だが、その相手とすでに親密な関係だったとも考えられる。記事によれば、女性に申請手続きを斡旋した男は一度だけ店を訪れている。三十過ぎで老人と二人連れ。老人のほうが神経質な客だったため、ママが覚えていたようだ。若い方は煙草を吸っていたのだが、その銘柄は女が妹に託した吸い殻と同じだった。トジャルーラという海外ブランドの高級品で、ひと箱三千円もするという。普通に見かける煙草ではない」

「その男が斡旋者ですか」

「紛らわしくなるので先《ま》ずはこちらの男性について話をするが、フィルターに付着していた唾液はB型だった。一方、スナックに来た斡旋者は中肉中背で身なりも良く紳士的、高級品を身に着けていて、支払いもきれいだったそうだ」

「女性たちは五人全員が、東京へ来てから行方不明になっているんですか」

平野が訊《き》いた。

「全員娼婦《しょうふ》とは言えないまでも、そういう女性を狙ったのかな」

「女性を誘拐するだけなら、人気《ひとけ》のない場所で犯行を起こせばいいと思うんですけど、わざわざ東京へ呼んでるんですよね。大久保の件と同一犯なら……犯人は都内在住ってことになるんでしょうか」

「確かにそうだな。誘拐だけが目的なら、わざわざ人目の多い都会で女性を物色しなくても良さそうなものだが」

「そうとも言いきれないんじゃない？　都会は人が多いからこそ、他人に無関心という側面もあるよ」

桃田の言葉に平野は大きく頷いた。

「……うう……なんとなく犯人像が予測できるな……そいつは頭のいいバカヤロウだ。自分に自信があって嫌味な性格のクソ野郎に違いない」

「平野の直情型のところは直した方がいいと思う」

恵平たちはそれぞれが思うことを口にした。

話に夢中になるあまり、せっかくの焼き鳥が冷めていく。

「記事を読んですぐ、私は気になって岡山へ行ってみたのだが……そうだな。本当の話をしよう」

浦野は冷めかけたつくねを手に取ると、言い訳するように付け足した。

「東京駅で乗り換え場所を訊かれた八年前、私は、相手が不法就労の女だとピンときた。長く刑事をしていると、視線の動きや体の向きで後ろめたいことのある人物だとわかる。しかし彼女を見逃した。事情を訊こうとしなかったし、素性を訊きもしなかった。捜査の途中で忙しかったのでね、彼女たちを収監することは刑事の仕事に比べて些末《さまつ》なものだという奢《おご》りもあった。むしろ見逃してやったくらいの気持ちでいたのだ。感謝しろとね……だから記事を読んだときには驚愕《きょうがく》した。大きな事件につながる手がかりを見逃したという思い、何よりも応《こた》えたのは、自分が彼女を守らなかったという思いだ。しかも私はそのことを、誰にも言わずに隠してしまった。おそらくは、あのとき私が見逃していなければ、彼女が行方不明になることはなかったのだよ」

そしてつくねを口に入れ、ジョッキのビールをゴクリと呷《あお》った。

「不思議なもので、刑事を辞めたら、こういうことも気負うことなく話せるようになった、ようやくだ。自分でも驚くがね」

浦野は下を向いたまま、照れくさそうに苦笑した。その表情には人間味があって、恵平はとても好きだと思った。彼は続ける。

「岡山へ行ってはみたものの、私が記事に気付くのが遅かったので、彼女の妹はすでにいなくなっていた。特異行方不明者としての捜索も進んでいなかった。警視庁と情報は共有していたようだが、捜索チームもなければ、事件になってもいなかった。当時勤めていたスナックもなくなっていたし……吸い殻を届けた妹は、日本の刑事警察に失望したことだろう。他の四人についても聞き込みしたが、あの世界は出入りが激しすぎて情報がさっぱり入ってこない。女性のどこかが目立てば別だが、そうでなければ透明人間みたいなものだ。いや、もしかすると、始めから存在感のない五人が選ばれたのか……私はそこに犯罪の臭いを嗅《か》いだ。大久保の話を聞いたとき、真っ先に思い出したのが岡山の事件だったのだ」

「だから資料室就に？」

平野が言った。同じ刑事だからこそ、思うところがあるのだろう。

「うむ。私はもうこの歳だ。最後に自分が『これ』と思った事件を解決したい。交番の秘密を暴けなかったらケツの据わりが悪いときみは言ったが、そういうことさ」

「話を戻して恐縮ですが、破れた名刺に残っていたのは誰のＤＮＡだと思うんですか——」

恵平が訊いた。

「――その人物は今年マイクロバイオームにいて、柏村さんの時代にもいた。昭和三十年代前半に十代だとして、現在は七十代。二十代なら八十代……」

もしくは当時の年齢のまま、あの地下道を通ってこっちへ来ている人物か。

「そいつは誰だ？　誰というか、何者だ？」

「スナックの客だったことは間違いない。名刺を渡されたのだから初見の客だ」

「どうして名刺を破いたのかしら」

「何か気に入らなかったのかなあ」

と、桃田が呟《つぶや》く。

「それか『スナックにいた』という証拠を残したくなかったのかもしれないぞ」

平野の言葉を受けて桃田も言った。

「うん……彼女を東京へ呼んだ男性はＢ型で、他の女性の失踪事件にも関係している。こちらを斡旋者とするならば、柏村さんが持っていたＤＮＡと一致するＡ型の男性は、偶然同じスナックで、同じ女性の接待を受けていたことになる……二人の男をつなぐ線は、今のところ失踪した外国人女性と彼女が働いていたスナックだよね。Ａ型男が名刺を破いて捨てたのは、スナックとのつながりを隠したかったか、もしくは店の対応が気に障ったか……」

「A型の人物が誰なのか、さっぱりわかりませんね」

「私もそれを知れると思ってここへ来たのだがね」

浦野は落胆の表情を見せている。結局、何もわからないのか。謎が解けるかもしれないという期待が大きかっただけに、恵平もガッカリして力が抜けた。日が暮れて、街に煌《きら》びやかな明かりが灯《とも》り、それ以外の場所が暗さに霞《かす》む。夜風はぬるく、足下に地面の熱を感じる。焼き鳥の皿が空になり、ビールも減って、

「何か頼んで来ますか？」

と、恵平が訊くと、

「いや、もうけっこう」

と、浦野は答えた。店が混んでくる気配はない。大挙して飲み屋街を歩くサラリーマンの姿がないと、地方出身の人たちがお盆休みを取っているんだなと強く感じる。

「浦野さんは女性たちの失踪事件を、どのように考えておられるんですか」

一呼吸置いて平野が訊くと、

「どうとは？」

浦野が聞き返す。

「いやその、拉致《らち》監禁とか、人身売買とか、連続……」

「……殺人事件とか？」

その一瞬だけ刑事の顔で浦野が訊いた。平野も負けずに頷《うなず》いた。

「そうです。失踪《しっそう》した外国人女性が生きているなら、少なくとも妹や家族には連絡があってもいいはずですよね。妹は緊急事態と思って吸い殻を警察に届け、記者も事件と思ったから記事にした。大久保の失踪事件と共通すると、浦野さんが思う理由はなんですか？」

浦野は値踏みするかのように、平野、恵平、桃田の顔を順繰りに見て、額で左右に分かれたモップヘアを掻《か》き上げた。そして一瞬だけ目を瞑《つぶ》り、視線を宙に浮かしてから、再び平野の顔を見た。

「きみは『確かにうら交番へ行った』と証言しながら、その事実には半信半疑のようだがね。実は私も、自分の立てた仮説に半信半疑の気持ちがあるのだ。だが刑事の勘は確信的だ。だからこうして調べている。警視庁にビッグデータ分析班があるのを知ってるね？　そこが長らく追っている犯罪抹消ビジネスがあるのだが」

「ターンボックス」

と、恵平が呟き、

「知っているのかね」

浦野は驚いた顔をした。

「いえ、詳しいことは全然」

恵平はその説明を桃田に任せた。

「最近、堀北が関わった中学生が違法堕胎薬で死亡する事件があったんです。薬の供給元を調べていくと、違法薬物の売買に加えて嬰児《えいじ》を引き取るビジネスまであると知りました。温床となっているのが『匣』と呼ばれる闇サイトで、通称『ターンボックス』です。非公開のサイトですが、奴らは別ルートで接触した子供たちを使って学校に噂を流し、優越感を持たせてサイトにアクセスさせていたんです。亡くなった少女もそうした立場で、サイトで知り合った男に誘われて、小遣い稼ぎに友人をサイトへ誘導していたことがわかりました。二人は付き合っていて、少女が妊娠したために、男がターンボックスから横領した違法薬物を渡した。顧客に手を出したことと、横領がバレたことで男は事故を装って殺害され、サイトも消えました」

浦野は自分の手帳をめくり、頷いてから、こう言った。

「ターンボックスは現代風の呼び名だが、『匣』というのが通り名だ。歴史は古く、明治《めいじ》期にはすでに存在していたことがわかっている。もっと古くからあったという話だが、警察記録で追える最初の事件が明治期だ」

その話を知っている気がする。恵平はテーブルの下で拳《こぶし》を握った。

「明治四十二年の夏。現在の『佐賀《さが》市』で、もらい子斡旋《あっせん》業をしていた夫婦が、子供七人を殺した罪で逮捕された。夫婦が子供を殺していると通報があったからだが、この通報には一つ理由があって、佐賀市と目と鼻の距離にある町で、別のもらい子斡旋業者が六十人以上の子供を殺して逮捕されたばかりだったから、警察が一斉捜査を始めて情報を募っていたのだよ」

やはりそうだ、と恵平は思った。その話なら知っている。

「どちらの事件も、立件できた殺人の数と、聞き込み捜査で警察が把握していた子供の数とが合わなかった。聞き込みでは、行方知れずの子供の数は数十人を超えており、しかし、遺体は一部しか出なかったのだ」

浦野はビールで喉《のど》を潤し、先を続けた。

前に桃田が教えてくれた情報だ。そのときも衝撃を受けたが、焼き鳥を前にして聞く詳しい話はメンタルを削られていくような気分になる。

「どこを捜しても子供は出ない。遺体も出ない。だが、それらが出ない理由に思い当たる警察官が一人いたのだ。同時期に間近な場所で起きた二件のもらい子殺しに確信を得て、この警察官は自腹で作業員複数人を雇って、ある場所を掘らせた」

浦野はそこで言葉を切ると、恵平たちの顔を順繰りに見た。

「きみたちも承知していると思うが、警察というのは組織だからね。証拠のない事件に捜査員を割くゆとりはない。だがしかし、彼が雇った作業員はすぐさま証拠を掘り当てて、『組織』の存在が浮かび上がった。現場は佐賀市と海を隔てて目と鼻の先にある熊本県の長洲《ながす》町《まち》だ。彼は警察に応援を頼み、最終的に千人を超える人骨を発見したのだよ」

桃田が大きく息を吸う。気持ちはわかる、と、恵平は思った。

「人骨もだが、遺体もあった。すでに『加工』されたものもね。それらは海外へ輸出するために集められ、死因は明らかになっていないが、殺害を疑う根拠もあった。摘発された場所には人体の保管庫のほか、死体を原料に用いた製薬工場まであった。性別問わず遺体はあったが、特に子供や赤ん坊は高額で取引されていたようで、もらい子殺し事件との関連が疑われる。『原材料』を入手する者、引き取る者、保管する者、加工する者、輸出に、国内での売買……すべてが組織化されていた」

恵平は両手を擦《こす》り合わせながら言った。

「死体が売買された話は、うら交番で柏村さんから聞きました。私たちがターンボックスに行き着けたのも、その話が念頭にあったからです。そうじゃなきゃ、赤ちゃんの遺体を高額で引き取る理由に仮説なんか立てられませんでした」

自分の口から出た言葉のおぞましさに恵平は震える。浦野は「ふむ」と両目を眇《すが》め、

「同様の事件は今でも起きる。海外でも、国内でも」

と言った。

「私が資料課に異動したのは、そこでなら過去に起きた事件すべてを検索することが可能だからだよ」

「消えた女性たちは薬餌《やくじ》にされたと思うんですか？」

「そうは言っていない。いや……どうかな……そこはまだわからない。どういう目的で連れ去られたか知らんが、いずれにしても碌《ろく》な動機ではあるまい。だがもしも、現代で人体を望むなら、生きた人間をさらわなくても、もっと効率よく死体を手に入れる方法はあるはずだ。医学は進歩し、千人の遺体を保存するほど利用者はいない。マーケットがあったとしても、ずっと小さくなっているはずだ。ただ、彼らはもともと人体加工のノウハウを持っている。そこで私の仮説だが」

「犯罪抹消ビジネスに舵《かじ》を切ったと言いたいんですね」

「そうだ。連続事件の裏側に『匣』の暗躍を疑っている。たとえばだが、拉致監禁の被害者が死んでしまったり、用済みになったとき、そこに連絡すれば抹消してくれる

というような、殺人現場の証拠隠滅、アリバイの作成、防犯カメラ映像の抹消、遺体の処分……嬰児の引き取りなどはその末端で、犯した罪の痕跡《こんせき》を消すビジネスを成立させているのではと考える。ただし、さっききみたちが言ったとおりに、『匣』の存在は霞《かすみ》のようにつかみ所がない。奴らが尻尾《しっぽ》を出さないならば、注目すべきはヘビーユーザーだ。ビジネスが成立するには顧客が必要となるからな。大金を支払える人物。そういう人物が『匣』を知り、罪を隠せることに味を占めたら？」

「さらに犯罪を繰り返す……ゲーム感覚で被害者を物色しはじめる？」

と、恵平は言った。浦野が頷く。

「東京駅でたまたま見かけた外国人女性と大久保の事件を調べていくうちに、私は犯罪者に付随する組織の存在を疑うようになった。繰り返し思うのは、結果を出せず、立件もできず、不明者がどうなったかすら解明できない自分自身のふがいなさだ。警察は決して万能ではない。法律を遵守する立場だからこそ、組織として捜査できない案件もある。だが、佐賀市の事件を立証するため自腹で作業員を雇った警察官同様に、仮説を立ててしまえば証明したくなるのが人情だ。五人もの女性が似たような状況で失踪《しっそう》したのは妙だし、私自身が彼女たちを守れなかったことも事実だ。それが連続事件なら、その手の犯人は自分を制御できなくなっていく。被害者はもっと出る」

恵平たちは頷《うなず》いた。

「そこでDNAの話に戻るが……吸い殻を残したB型男は高価な身なりで、一緒にいた老人は『神経質』なタイプだった」

浦野は恵平の顔を見て、

「きみはどう思うね？　飲み屋で『神経質』と称される者の行動は」

恵平は考えてみた。

きれいなお姉さんがいる店へ金持ちと飲みに来た老齢男性が『神経質』だったら？

「席に着くとき角に座ったとかでしょうか」

「なぜだね」

「中央の席は両側に人が来るから、他人に近付きたくないと思って……あとは手指の消毒でしょうか。女の子が隣に来て、グラスにお酒を用意してくれますよね？　そのときも自分で水割りを作ったか……それとも」

女性が接待してくれる店で、客が飲むシーンを想像してみる。ママさんはその程度で神経質とは言わない気がする。俺のグラスに触るなとか、トラブルがあったなら別だけど、そういう話は出ていない。考えて、恵平は閃《ひらめ》いた。

「あっ、そうか」

　そして浦野にこう言った。

「もしかしたらその人は指紋を残したくなかったんじゃないですか？　おしぼりかナプキンを使ってグラスを持った。口唇紋も残さなかったのかもしれない。それを見たママさんが神経質と感じたのでは？」

「ん？　つまりはすでに、そいつの指紋がデータベースに登録されているってことか？」

　と、平野が訊《き》いた。

「そこまででなくても。そのときその場所にいた証拠を残したくなかったのかもしれません。すごく用心深いタイプで、他人を信用できないから色々なことに気をつけていて、自分がいた痕跡を残すことも、自分が痕跡を持つことも嫌ったとか……だって私たちはコンビニのレシートや切符の日付から犯人の行動を追うじゃないですか」

平野と桃田は視線を交わし、

「名刺を破ったのは」「その老人？」

　と、同時に言った。浦野は満足げにニヤリと笑った。

「私もそう睨《にら》んでいる。老人がそうとは言わないまでも、犯罪者の多くは嘘吐きで我が儘《まま》だからな」

恵平は胸の裏側がゾワゾワしてきた。ただの点と点だったものが、突然線でつながったような、うら交番の声が聞こえたような、柏村が浦野に憑依《ひょうい》したとさえ思えた。

「そうか……受け取りを拒否すると目立つから、普通にもらって、外へ出てから破いて捨てた。そのとき、名刺の破り目に細胞が残ったと」

と、平野がまとめる。

「……ていうか、その名刺は、浦野さんが個人的に保管していたわけですか？」

「そうだ。名刺は私が地元署からもらってきたものだ。証拠としては価値のないものだったから、彼女の無念を晴らす決意として大切に保管してきたのだよ。ところが、ここへきてＤＮＡやＲＮＡの研究が目まぐるしく進み、価値がないと思われていた証拠品からも、何かが見つかる可能性が出てきた。私は名刺を研究機関に送り、きみたち同様個人で鑑定を依頼した。名刺には皮膚細胞がついていた。そしてＤＮＡが鑑定できた。すぐさま過去の事件と照らしたが、ヒットしてくる案件はなかった。だが、念の為にこちらのデータを登録しておいたところ、君たちが同じＤＮＡを探していると知ったのだ。処理場の件はさておき」

「マイクロバイオームのは事件じゃないので、ファイルになってないのかも」

恵平が言うと、浦野は深く頷いた。

「どうだろう？　この件について共同戦線を張るというのは」

平野と桃田は視線を交わし、桃田が先にこう言った。

「もちろんです。ぼくらも時間があまりない。堀北と平野がうら交番へ行ったのは、昨年の十月なんです」

「一年で死ぬジンクスのことか」

「そうです。迷信だと思う気持ちが八割ですが、現在は高度成長期に整備されたインフラが一斉に寿命を迎えて、同じ時代の橋や道路や地下道なんかが次々に消えている。そういうことを考えると、やはり某《なにがし》かの力が働いていると思えてくる。ぼくらが謎を解かなきゃならない。そうするべきだと感じます」

「平野先輩をうら交番へ誘ってしまったのは私ですから、ジンクスを破るのは私の使命で、責任です。情報があるなら、どんな些《さ》細《さい》なことでも教えて下さい」

恵平が立ち上がると、平野と桃田も席を立ち、三人揃って頭を下げた。

浦野は、「いやいや」と、手を挙げた。

「いま話した内容はファイルにまとめてあるのだが、未解決事件は恐ろしいほどたくさんあるし、すでに捜査不可能なものも多い。異動して二年、調べ続けた結果、私は大久保の失踪事件と岡山の事件が唯一の手がかりだろうと考えている……うむ……だから、それらのファイルを封書で送ろう」

「はい。ありがとうございます」

　と言ってから、平野は、

「データでなく？」

　と、訊いた。浦野はフンと鼻で嗤《わら》った。

「データはどこへ流れるかわからんじゃないか。もはや改ざんも容易《たやす》いし。古い人間と笑われようが、私はデータを信用しない」

　浦野はビールを飲み干すと、テーブルに五千円札を一枚載せて席を立った。

「いや、久々に旨《うま》かった。店の大将によろしく伝えてくれ」

　そして自分の鞄《かばん》を持つと、熱風ともいえる夜風にモップヘアをゆらゆらさせて帰っていった。その後ろ姿は飄々《ひょうひょう》として、もはや捜査一課の敏腕刑事の面影はない。

　けれども彼の熱意を知った三人は頭を下げて先輩を見送り、浦野の姿が見えなくなってから、平野がビール三杯を追加注文しに行った。

　改めて冷えたジョッキを重ねたとき、

「スゲえ熱意で驚いた」

　と、平野が言った。

「同感だ」

カチンとジョッキを合わせてから、三人はようやく自分たちのペースでビールを飲んだ。冷たく冷えたビールが喉《のど》を落ちていくとき、浦野に当てられた凄《すさ》まじい熱気が、キリキリと冷やされていくような気がした。

「うら交番の謎が動き出したね。どう思う？」

熱を含んだ目で桃田が訊《たず》ねる。

「はい。ゾワゾワというか、ワクワクというか、興奮で胸の裏側が熱いです」

「ケッペーが東京駅に祈ってるからかな。当時を知る建物も、そのうち丸の内駅舎だけになりそうだ……間に合うといいな」

平野が恵平と目を合わせ、一気にジョッキの半分を空にする。恵平はその様子に、平野の想いの切実さと、あとは、微《かす》かな希望を感じる気がした。

第三章　死者の狼藉《ろうぜき》

翌日の恵平は二十四時間勤務のシフトで、最終列車が出発した後の午前一時過ぎに山川と周辺のパトロールに出た。

東京駅界隈《かいわい》は列車の運行時刻に合わせて営業する飲食店が多いため、深夜零時を過ぎると酔客は激減していくが、酔客と入れ替わるように駅周辺で夜を過ごす人々が集まってくる。ＪＲ構内はシャッターが閉まって入れないが、彼らはシャッターと建物の隙間にうずくまり、始発までの数時間だけ眠りにつくのだ。

この時間の東京駅は昼とも夜とも違う顔を持つ。駅前広場に出て行くと、城壁のようにそそり立つビルを行幸通りが切断し、そこに夜空が広がっていた。藍《あい》色になった夜空の底に皇居の森が黒く敷かれて、ぼんぼりのように並んだ街灯が銀杏《いちょう》並木に抱かれている。地面は熱く、まだ人いきれの匂いがしている。

「八重洲口の転落事故だけど、自殺で決着するみたいだよ」

漠然と周囲に注意を向けながら山川が言う。

夏の暑さが苦手のようで、タオル地のハンカチを握ったままだ。

「遺書とか見つかったんでしょうか」

恵平が訊《き》くと、「そうじゃなく」と、額と鼻を続けて拭《ふ》いた。

「本人以外の人物がカメラに映っていないんだって」

「自殺の瞬間が映っていたとかじゃないんですね？」

「カメラが遠かったようだけど、それも含めて本人以外は映っていなかったんだって。上半身を乗り出して、片足を手すりにかけてさ……それは鑑識が調べた痕跡《こんせき》とも一致するし、遠目でも様子がわかるから、間違いないってことみたいだよ」

「そうですか……」

人影がないと、駅前広場はあまりに広い。商業施設も明かりを落として、束の間の静寂に包まれる。夜明けまで酔客が絶えない新宿や六本木《ろっぽんぎ》とは違い、夜間の小競り合いは比較的少ない。

「堀北にもらったストラップ、メチャかわいいってすごくウケてた。ありがとう」

「ホントですか、よかったです」

「七味も食べたよ。美味《おい》しいけど、夏場は汗をかいちゃうね」

「たしかにそうかも。実家は常備品なので、夏とか冬とかって感覚がなかったです。でも、夏はタタキキュウリや搔《か》き揚げに使うと美味しいですよ」

「そうなんだ。搔き揚げって天ぷらのことだよね？」

「そうです、そうです。うちのお祖母《ばあ》ちゃんなんか、イボイボして固いキュウリとショウガを千切りにして、塩振って、ギュッと絞ってから七味と交ぜて搔き揚げにするんですけど、美味しいですよ。天ぷらというか、おつまみですけど」

「ダミちゃんで出てきそうだね」

「ですね、今度教えてあげようかな」

「そしたらぼくも食べに行く。彼女を誘って」

山川が嬉《うれ》しそうに言う。

おっとりしていて、鷹揚《おうよう》で、そんな山川に今までどれだけ助けてもらったことか。

話をやめて周囲を見回し、しばらく歩いて、また話す。

和田《わだ》倉門《くらもん》交番の手前で右に折れ、銀行の周辺を巡回し、飲み屋が並ぶ地区へと入っていく。街路樹に桜が植えられた通りから一歩入ると、歩道ギリギリに仕入れ品やゴミ箱が並んでいて、肩を寄せ合うように小さい店が建っている。酒とモツ煮と焼きそばの匂いが渾然《こんぜん》一体となって、花見小屋に来たようだ。ダミさんの伯父《おじ》さんが経営しているスナックもそこにあり、『ひよこ』という看板に明かりが入っていた。路上に溢《あふ》れた酔客はなく、ときおり高笑いが聞こえるほかは平和な様子だ。

「昔から二八《にっぱち》って言って、八月はお客さんが少ないんだってさ」

と、のんびりした声で山川が言う。

路地を一周してから再び広い道へ出た。前方に立派なホテルがそびえ立ち、最上階のラウンジから品のいい明かりが漏れている。お洒落《しゃれ》をして夜を楽しむ人たちが、キャンドルの火を眺めながら、まだカクテルを飲んでいるのだろう。

通りに沿って長く続く植え込みを見ると、ここでスーツケースを置き引きして自首してきた老人のことを思い出す。暮れの寒さをやり過ごすため、毎年軽犯罪で自首をして留置場に泊まっていた人だ。

植え込みはマンホールを避けるために一部が凹《へこ》んでいて、そこに一人のホームレスがいた。植栽の根元の隙間に上手《うま》くはまり込んで身を隠し、こちらに尻《しり》を向けて眠っているのは、おもて交番で『S番さん』と呼ばれる五十代の男性で、間質性肺炎を患っている。

恵平と山川は立ち止まり、彼の寝息を確認してから、視線を交わして頷《うなず》き合った。小さな箱を取り出して、S番さんを起こさぬように鼻先に置く。それは高カロリークッキーで、次第に栄養を摂《と》りにくくなっていくS番さんへの差し入れだ。この人には何度も然《しか》るべき施設を紹介したが、路上生活をやめようとしない。路上生活が長い人ほど行政の手を煩わせることを嫌う傾向がある。

はじめのころ恵平は、S番さんに安心して眠れる場所を提供することが警察官の使命だと考えていた。だから、彼が施設を嫌う理由がわからなかった。

けれども言葉を尽くして話を聞くうちに、S番さんを施設へ送りたいのは自分のエゴかもしれないと思えてきた。恵平は生き様の尊厳について考えるようになり、今はできる範囲でS番さんをサポートしている。彼を施設に送り届けて、なにかやり遂げた気分になっても、それがS番さんの幸せにつながらないこともある。

夜の東京駅界隈《かいわい》には同じような人たちが何人かいて、交番では全員を把握している。

クッキーの箱にはメッセージが書いてある。

――辛《つら》くなったら交番へ来てね――

もしも本当に困ったときは、おもて交番へ助けを求めに来やすいように。

「……これでよし。今はいいけど、寒くなったら要注意かも」

小さい声で山川が言う。

高カロリークッキーは、おもて交番のみんなが小銭を出し合って買っている。そして万が一S番さんに何かが起きたら、最後まで面倒をみようと決めている。パトロール区内の『夜の住人』に対して、『おもて交番』は、そう心を決めているのだ。

「じゃ、次はY口方面だね。メリーさんにはもう会ったの？」

「まだです。メリーさんと徳兵衛さんとペイさんは賞味期限のないお土産なので」

「どんだけお土産買ってきた」

　と、山川が笑う。

「堀北ってホントおかしな子だね。ぼくも伊倉さんも、あと洞田さんだって、けっこうフレンドリーなお巡りだけど、堀北には負ける」

　山川は少しだけ厳しい声になり、

「そういう気質は尊いけどさ、ほどほどにして、しっかり線を引かなきゃダメだよ。誰彼かまわず感情移入しすぎると、自分のほうが参っちゃうから」

「はい。わかりました」

　山川は腰を曲げ、恵平の顔を覗《のぞ》き込んできた。

「ホントにわかった？」

「尊重して線を引きます」

「うん。ぼくらにできることはあまり多くない。でもまあ、できないことばっかりでもない。やるなと言ってるんじゃないんだよ？　グズグズにならないように線を引くこと、それが大事だ……と言っても難しいけどね、ぼくもまだ上手くできないや」

そう言って、ニコッと笑った。

クマのぬいぐるみみたいなその顔が、恵平は無性に好きだ。

静かな道をタクシーと車が走っていく。ホテルの明かりもほとんど消えて、豪華に飾られた植木の奥にフロントの明かりが漏れている。恵平と山川の足音が、コツ、カツ、コツ、と響いて聞こえる。待つ者のいない交差点で、信号機の色が青に変わった。

恵平と山川は、メリーさんが眠る八重洲口26番通路へ向かって交差点を折れた。

『八重洲』とは、もともと江戸城の丸の内あたりの内堀沿いを指す呼び名だったらしい。往時は馬場《ばば》先門《さきもん》から和田倉門にかけての一帯を『やよすかし』と呼んでいて、それが八重洲になったというのだ。その一帯を今は『丸の内』と呼んでいて、名称としての八重洲は現在の場所に移動した。昭和二十七年（一九五二）、鉄道開通八十周年の記念事業として本格駅舎の設営工事が始まったのだが、当時の国鉄は予算が乏しく、民間業者の資本を投入したため、駅舎に名店街と称する商業施設が入った。

メリーさんが夜を過ごすY口26番通路のあたりに八重洲口デパートの時計店があって、彼女はそこで最初のご主人から結婚指輪を買ってもらった。周辺は現在オフィスビルやビジネスホテルになっていて、夜が更けると人通りも絶えてしまう。

通り沿いの交番と近くのコンビニには明かりがあるが、それ以外は静かな夜だ。

ぼんやりとした闇がビル群を覆って、薄青い夜空にまだら雲が広がっている。

恵平と山川はメリーさんの様子を確認するため地下道へ向かった。

駅地下とつながっている出入口はすでにシャッターが閉まって、通行人が階段を下りて行くことはない。地下入口の表示板には明かりが点《とも》っているけれど、非常灯のように心許《こころもと》ない。恵平は防刃ベストに挟んできた上田紬《つむぎ》のポーチを手にした。メリーさんは眠っているかもしれないから、しっかりメモを貼ってある。喜んでもらえるだろうかと考えているとき、歩道の先の地下道入口に立つ人影を見た。

若い男の人だった。髪をオールバックに整えて、ダボついた白シャツをズボンにインして穿《は》いている。腰に黒いベルトを締めて、窺《うかが》うように階段下を覗いていた。

恵平はハッとして足を止め、同時に山川も立ち止まった。

二人無言で彼を見る。違和感があったのだ。

今どきの服装ではないと思った。

シャツにズボン、オールバックに整えた髪。現代でも着る組み合わせだけど、どこかが違う。シャツの襟が幅広く、ズボンのだぶつきと裾《すそ》の狭さが違っている。折り返しの幅も、革靴の丸さも。

山川も同じように感じたのだろう。顎《あご》を突き出す仕草が横目に見えた。

その男性は額にちょいと手を置くと、階段下を見つめて下っていった。

「あ」

恵平はため息のような声を出し、全身に鳥肌が立った。

間違いない。前にも一度、見たことがある。そのときは後ろ姿だったし、メリーさんの息子さんだと思っていた。でも違った。あれは、

「……メリーさんのご主人」

呟《つぶや》くと、山川が間抜けた声で、

「え？」

と、訊《き》いた。恵平は山川を振り向いた。

「あれはメリーさんのご主人です。若くして亡くなったときの姿です」

「うそ」

山川は困ったような顔で笑うと、何も言わずに早足で、彼が下りて行った地下道の入口へ向かった。恵平もついていく。開口部から階段下が見えるが、踊り場の先で折れ曲がるので、メリーさんの姿は見えない。男性もいない。

立ち止まってから山川は、誰にともなく、

「じゃ、幽霊？」

と、呟いた。それともやっぱり普通の人で、通路が閉まっていることを知らずに入って行ったのだろうか。

立ち止まってしまった山川をその場に残し、恵平は足音を忍ばせて階段を下りた。真下に見えるのは踊り場の床と壁だけで、メリーさんは折れ曲がって見えない先にいる。冬なら一番下のシャッターの前。この季節なら踊り場の奥だ。男性が戻ってくる気配はない。

階段下は地上よりいくらか涼しくて、コンクリートの冷たさを感じる。一段、二段、三段と、恵平は静かに進む。メリーさんを起こさないためと、もうひとつは、いま見た男性が足音で消えてしまわないためだ。

あれが本当にご主人ならば……いやいや、そんなことはないだろう。

確信と、でもまさかという気持ちが混じり合う。

メリーさんはここでご主人を見かけて、彼を探すためにホームレスになった。とても短い結婚生活、最初のご主人とは子宝に恵まれず、ご主人の弟さんと再婚して子供をもうけ、老舗《しにせ》餅《もち》店を守ってきた。それでもいつも、いつまでも、ここのデパートで結婚指輪を買ってもらったときのことを忘れていない。再婚後は指にはめることのできなかった結婚指輪を今は堂々と薬指にはめ、在りし日の幸福に浸る日々を過ごしている。その生活は『我が儘《まま》で贅沢《ぜいたく》』なものだとメリーさんは言う。

男性は戻ってこない。このまま階段を下りたなら、いったい何を見るのだろうか。

――いつか私がこの場所で、もしも冷たくなっていて……――

少し前、メリーさんが語った言葉が頭に浮かんだ。

――そのときは、柏木芽《かしわぎめ》衣子《いこ》は幸せに人生を閉じたと思ってちょうだい――

「いやだよ……メリーさん……」

　恵平は口の中で呟きながら踊り場に立ち、メリーさんが眠る窪《くぼ》みに目を凝らした。夜間は照明が消されているから足元灯のおぼろな明かりしかないけれど、踊り場の窪みにピッタリはさまって、メリーさんの丸い身体が黒々と影になっていた。その脇にさっきの男性が膝《ひざ》を抱えて座っていて、恵平と目が合った。

　やっぱり亡くなったご主人だ。

　恵平はそう思う。その人はメリーさんの腰に手を置いて、床から恵平を見上げている。幽霊なら消えればいいのに、目をしばたたいてもやっぱり見える。

不思議なことに怖くはなかった。いつか桃田が言っていたような『駅の記憶』とも思えない。幻じゃないけど、現実でもない。メリーさんの姿は影なのに、その人の全身はくっきり見える。着ているシャツの質感や、ボタンホールの縫い目まで見え、だからこそ、これは生きている人ではないと思った。前に見かけたときも全く同じ服装だった。それは若き日のメリーさんと一緒に八重洲口のデパートへやって来て、時計店で指輪を買った時の姿かもしれない。

当時のメリーさんは二十歳くらい。とてもお似合いの二人だったことだろう。

恵平にはわかる気がした。ご主人もまたメリーさんを待っているのだ。そのことが、しみじみと胸に染みてくる。メリーさんが老舗餅店の女将《おかみ》の立場から解放されて自分の人生を取り戻し、妻だった頃に戻る日を、ご主人もずっと待っているのだ。

「……堀北ー？」

と山川の声が聞こえたとき、恵平は静かに後ずさって、また階段を戻り始めた。手すりの上に山川の丸い顔が覗《のぞ》いている。

タタタ、と恵平は駆け上がり、歩道に出てから山川に言った。

「やっぱりあれはご主人でした。下でメリーさんと一緒にいます」

「ウッソーん……」

「もしかしたら、夜の間はああやって、ずっとメリーさんを守っていたのかも」

「……うう……」

山川は一瞬眉《まゆ》をひそめたが、少し考えてから鼻の穴を膨らませて、

「じゃ、メリーさんにちゃんと教えてあげなくちゃ。あんなに会いたがっているんだし……」

と、独り言のようにモグモグ言った。『バカだな』と否定されると思っていたので、恵平は驚いた。

「信じてくれるんですか」

「だってご主人だったんだよね？　ぼくも見たし、服装が、なんか古臭かったし」

山川がそう言ってくれたことが嬉《うれ》しくて、恵平はふいに泣きたい気分になった。山川はメリーさんの話を信じ、メリーさんの生き方に理解を示してくれた。もしもこの場にいたのが自分独りだったら、夜が明ける頃には（あれは目の錯覚だったのかな）と思っていたに違いない。でも、山川も見たのだ。おなじものを。

「堀北はご主人と話したの？」

「まさか。二人でいるのを見ただけです。声を掛けたら消えちゃいそうで」

山川は階段下を興味深げに覗き込み、パッと顔を上げてから、

「行こう」と、言った。

「次にメリーさんと会ったとき、ぼくから話をしておくよ。どんな様子だったか堀北が教えてくれたら、ご主人が一緒にいたことを話して、きっといつもそばにいるんだよって言っておく」

「はい」

交番のほうへ戻りながら、恵平は静かな街に目を凝らす。

真夜中に道を歩く人、ビルの窓辺に佇《たたず》む人影、車にタクシー、バス乗り場で仮眠する人……その人たちの何人かは、本当は、もう生きていないのではないか。

恵平は、メリーさんのご主人が彼女を迎えに来たのでなければいいなと思った。メリーさんには長生きをして欲しい。ガード下の段ボールハウスで徳兵衛さんとお酒を飲んだり、ペイさんの四方山《よもやま》話にいつまでも笑っていて欲しい。メリーさんがいなければ、兎屋がお正月にだけ売る花びら餅が作れない。花びら餅に入れるゴボウの甘煮は、まだ息子さんたちに任せられないと言っていたから。

ううん、違う。何より私が寂しいからだ。

だから、申し訳ないけどご主人には、もう少し待っていて欲しい。

恵平は地下道入口を振り返った。それは車道と歩道の間にほんのりと明かりを点《とも》している。メリーさんは、いつかあの場所で冷たくなっているかもしれないと言った。

その言葉を聞いたときには、なんて悲しいことを言うのだろうと思ったけれど、今夜のあれを見たら少し印象が変わった。人がどんなふうに死ぬのかは、実はあまり大した問題ではないのかもしれない。本人にとっては、どう生きたかのほうが大切なのだ。ずっと、ずっと大切なのだ。そして警察官の仕事というのは、市井の人がその人らしく生きられるようにすることなのかもしれない。

　ビルの隙間を埋める夜空に、まばらな星が瞬いていた。

　翌朝、恵平は勤務の引き継ぎと交替をして丸の内西署に戻った。夜勤明けのシフトは非番である。貸与された拳銃《けんじゅう》を返却し、休憩室で昨夜書き損ねた日報をつけていると、ノックと同時にドアが開き、隙間から鑑識の桃田が顔を覗かせた。

「堀北おつかれ。ちょっといい？」

活動服をビシッと着込んだ桃田はやや昂揚《こうよう》した様子で、何かあったと直感で思った。

「はい」

　恵平はすぐさま席を立ち、桃田が開けたドアが閉まるより早く戸口へ走って部屋を出た。廊下には平野までがいる。

「え。どうしたんですか。なにか……」

すると平野が、手にした封筒をヒラヒラさせた。浦野からの捜査資料だ。

「コピーが届いたんですね」

「それだけじゃないんだよ」

桃田が鑑識のブースへ向かうので、平野と一緒について行く。

「夜勤明けなのに悪いな」

全くそう思っていなそうに平野が言った。

「大丈夫です。若いから」

面白いことを言ったつもりが、二人はまったく無反応だ。桃田は鑑識部屋を通り越し、さらに奥にある部屋まで行くと、コソコソと振り返ってからドアを開けた。

平野に押されて恵平が入り、最後に桃田が入ってドアを閉め、人差し指を唇に当てる。恵平はコクンと頷《うなず》いた。

ここは捜査終了前の証拠品を仮置きしておく部屋である。

左右の棚に段ボール箱を置き、側面に事案の名称や日付がメモされている。中には現場で入手した証拠品や被害者の衣類、場合によっては事件現場から持ち帰った証拠品になりそうなものすべてが保管してある。

桃田は棚の前に行き、手袋をはめて『八重洲口男性転落死』の箱を下ろした。勤務を終了した恵平は捜査用手袋を持っていなかったので、先輩たちから教えられたとおりに両手をポケットに突っ込んだ。遺留品に自分の指紋を付着させて捜査を混乱させないためだ。平野も箱に関与せず、封筒を脇に抱えて上着のポケットに手を入れている。

「浦野さんと話した後で、気になったことがあったから調べてみたんだ」

テーブルに段ボール箱を載せて桃田が言った。

蓋《ふた》を開けるとビニール袋に包まれた血塗《ちまみ》れの洋服が入っていた。血塗れのズボンに黒いTシャツ、割れたサングラスと、その欠片《かけら》、ペイさんなら値段を言い当てられそうな高級革靴、壊れたスマホに腕時計。他にはなぜか、ビニール袋に入った羽毛。

「それって……」

恵平が呟《つぶや》くと、平野が答えた。

「八重洲口で転落死した仏さんが着てた服。Tシャツだけで四万円だとさ」

高価な身なりだったと山川も言っていた。

「四十代の男性だと聞きました」

「あ。そうか。堀北は帰省してたから知らないんだね」

中身をテーブルに並べながら桃田が言う。

「伊倉巡査部長と山川先輩から話だけ聞きました。自殺だったんですよね」

でも、こんな悲惨な死に方だったと思わなかった。階段の隙間を落ちていったと山川は言ったが、それはつまり、階段の隙間から隙間へと、全身を打ち付けながら転落していったということか。

「防犯カメラの映像を見る限り、自分で落ちたことは間違いない。本人以外いなかったんだし、うっかり落ちるような場所でもないんだ。行政解剖の結果、全身数十箇所を骨折していたし、頭蓋骨《とうがいこつ》も陥没していた」

「この血痕《けっこん》を見たらわかるよね……っと、こっちじゃなかったか」

桃田はそう呟きながら、もうひとつの箱をテーブルに下ろした。

「何を探してるんですか？」

「うん。浦野さんの話に出てきた斡旋《あっせん》者だけど、高級煙草を吸っていたって話だったろ？　失踪《しっそう》者が妹に残した吸い殻と同じ銘柄だったって」

「金持ちは税金を払いたくねえから、金の落としどころを腐心すんだろ？　煙草なんて、煙だけ出ればいいと思うが」

「銘柄はトジャルーラ。調べたらイギリス製だった。三千円近くもするって聞けば、どんな煙草か興味が湧くよね」

「いや別に」

平野が気怠《けだる》そうに言う。

「それよりコピーを確認しようぜ」

「まあ、待てよ。ぼくは気になったんだ。それでネットで調べてギョッとした。なぜだと思う？　パッケージに見覚えがあったから。あっ。これだ」

桃田は箱に手を入れて、平野と恵平の顔を見ると、ドヤ顔でそれを引き出した。

黄金のパッケージに黒い紋章が刻印されたその煙草は、巻き紙にまで文様が入り、フィルターには金が施されていた。

「トジャルーラにもクラスが色々あるんだけれど、これは最高級品で、現在の売価はひと箱二千八百円だ」

恵平は言葉を失った。桃田が何を言いたいのかを考えていたのだ。

「しかも仏さんはB型なんだよ。自殺だから公表は控えるようだけど、高橋祐介《たかはしゆうすけ》四十一歳。八年前なら三十三歳。浦野さんの話とも合致すると思わない？　父親はもと国会議員で、支持基盤があるのは岡山県。地元の有力者で、資産家だ。この父親は、政治家としてまだ若い六十代のときに、体調不良を理由に国会議員を辞職しているんだけどね、それがちょうど八年前だ。偶然だろうか」

「……え」

と、恵平はポケットの中で拳《こぶし》を握った。平野が呟く。

「なに言ってんだ……そんなの偶然に……」

彼は文句を言いつつも、ポケットから手を出して頬を掻《か》いた。そして、

「……ほんとうに自殺か？」

と、誰にともなく訊《き》いた。

「ピーチ先輩はどう考えているんですか？　被害者が五人の女性の失踪事件に関わっていた斡旋者で……浦野さんがそれについての捜査を始めたせいで……たとえばですけど、ターンボックスに消されたとでも思うんですか」

「いや、そんな突飛な発想じゃなく、事実を言ってるだけなんだけど。それにしても妙じゃない？　高級煙草にブランド品、年齢や出身地の符合。もとは岡山に住んでいた斡旋者が女性たちを東京に連れ出して犯罪を起こしたとかさ。そう考えていくならば、不法就労の外国人女性をターゲットにした計画的犯行とも取れるよね。東京・岡山間なら新幹線で一本だし、誘い出した女性が列車に乗るところからつけてくることも可能だ」

「ええ」

恵平はその様子を想像して顔をしかめた。

一方で平野は、自殺か他殺かにまだこだわっている。

「いや。いや……自殺だったのは間違いないんだ。映像を確認したんだからな。三人で観た。オレ独りじゃなく」

「大久保の事件で行方不明者がトイレ内の抜け穴から外へ出て行ったみたいに、今回もカメラになにがしかの操作がされていたとは考えられませんか？」

訊くと、煙草が入った袋に手を置いて、桃田も言った。

「八重洲口のカメラは最新式で、録画方式じゃないんだよ。データは複数箇所に同時配信されるから、映像のすり替えは考えられない。転落当時の状況も鑑識結果と一致してるし、誰かに突き落とされたわけじゃないのは確かだよ」

それならやっぱり酔って転落したか、自殺だろう。

「変な薬を飲まされて、幻覚を見ていたってことないですか？」

「血中アルコール濃度は高かったけど、薬物は検出されなかったみたいだよ」

「そうかー」

と、恵平は首を捻《ひね》った。

「……ちなみに、亡くなった方って何をやってる人だったんですか？」

桃田は別の袋を持ち上げて、恵平の前でブラブラ振った。透明のビニール袋には高価な名刺入れと、本人の名前が印刷された名刺が入れられている。

会社の名前は『シュプール』。死亡した高橋祐介は代表取締役で、住所と電話番号とメールアドレスはあるものの、業務内容の記載はナシだ。

「くそう……」

と、平野は腕組みをして、証拠品のデスクから半歩離れた。

「今にしてみりゃ、そこも不思議だったんだよな。仏さんは大手町に事務所をかまえてるんだが、その事務所ってのが、狭っちい、物置みたいなところでさ、行ってみたけど無人なんだよ。遺族の話じゃ、株のトレーダーをしてるってことだったんだが、今にして思えば実家の資産を食い潰《つぶ》しながらトレーダーを気取っていたのかも」

「平野は遺族と会ったんだよね？」

「いや……俺はそっちの担当じゃなかったし……でも――」

平野は前髪を掻き上げそうになって、再びポケットに手を入れた。

「――遺体の確認に来たのは父親だったな。ピーチの言う通り、病人には見えなかった。遺体も遺品も早く戻せと言われたんだが、河島班長が承諾しなくて、どっちもまだ保管庫にある。そもそも事件性は考慮していなかったんだが、死に方が妙で引っかかるって言うんだよ……ていうか、そいつはなんで飛び降りたんだ？」

「そこが一番の謎だよね」

「お金も、住むところもあったんですよね？」

「住所は不定だ」

　と、平野が言った。

「八重洲口へ向かった夜はロングステイ先のホテルにいたんだ。あまり行儀のいい客じゃなかったらしくて、室内が荒れてたよ」

「どんなふうにですか？」

　何か考えているらしき平野に恵平が訊く。平野は上着の胸ポケットからスマホを出した。独自にビデオ映像を撮ったのだと言う。

「事件じゃないから鑑識は呼ばなかったけど、今にして思えば何か感じたんだよな。俺としては、何かに怒って自暴自棄になり、部屋で暴れたという感じを受けた」

　ビデオを再生すると、桃田も近寄ってきて恵平の後ろから覗《のぞ》き込んだ。

　シングル仕様のビジネスホテルだ。高価な衣服を身に着けて、高級な煙草を吸っていたと聞いたのに、映像を見て恵平は感じるものがあった。彼と親との関係は、ただ甘いものではなかったのかもしれない。

部屋はカーテンが半開きになっていて、サイドテーブルの上にコンビニ袋や食べ物のゴミが載り、そのうちのいくつかは投げつけられたように床に転がっていた。壁のテレビにシミがつき、ベッドは蹴《け》られたように曲がっていて、シーツや布団は床にあり、枕の羽毛が部屋中に散っている。クローゼットは開けっぱなしで、中身がはみ出たスーツケースが置かれていた。部屋用のスリッパは、なぜか室内灯の上にひっかかっている。証拠品にあった羽毛はホテルの枕の中身らしい。

「相当に暴れたね」

と、桃田が言った。ベッドの上に高そうな洋酒の瓶があり、中身がシーツにこぼれていた。ラッパ飲みをしたようだった。

「遺体や服にも羽毛がついてた。ホテルから羽毛まみれで出てきたんだね」

「何があったんでしょう」

「さっぱりわからん。彼の場合は住所が会社になっていたから、実際に暮らしていたのはホテルだったと思う。ここには二週間ほどいたようだ」

「襲われた形跡じゃないんですよね」

「それは違うな。ホテルも悲鳴は聞いていないし、防犯カメラに不審人物も映っていない。彼が独りで部屋を出ていく様子は映ってたけどな」

桃田は証拠品を置いたテーブルに戻って、

「彼のスマホを調べればわかるかも」

と、言った。

「そんだけ壊れて、中が見られるか？」

「やってみる価値はあるんじゃないかな」そして、

「どう思う？」と、平野に同意を求めた。

「浦野さんや河島班長に話すべきかもね」

「ううむ……そういや、もうひとつ妙な話があるにはあった」

平野は眉間《みけん》に縦皺《たてじわ》を刻み、顎《あご》で証拠品を指して言った。

「ケッペーは知らないだろうが、転落時に本人の持ち物を調べたら、肩掛けバッグに二百万円入ってたんだよ。現金で」

証拠品の現金や貴重品は、別途厳重に保管する決まりとなっている。

「えっ、それはなんのお金ですか？」

平野は首をすくめた。

「わからない。初めは金目的で暴漢ともみ合いになって落ちたかと思ったんだが」

「何もかもが謎だけど、一番の謎はどうして自殺したかってことだね」

「この人のＤＮＡですけど、本人確認が取れているので鑑定はしてないですよね？　でも、鑑定して煙草の吸い殻の人物と照合したらどうでしょう？　もしも同一人物だったら、八年前の失踪《しっそう》事件に関わっていたことになり、そっちがらみのトラブルで自殺したかもしれないし、女性たちの行方がわかるかも」

「そうだ。それを調べてもらおうぜ。俺から河島班長に……」

「平野から班長に言うのか。それはいい」

赤いフレームのメガネの奥で、桃田は目を細めた。

「ピーチは面白がってないか？」

「そんなことないよ。平野は刑事でぼくは鑑識、堀北はお巡りさんだろ？　捜査に疑問を持った場合は、率先して平野がやるべきだ」

平野は首を掻《か》きながら、ため息を吐いた。

「あー……ま……じゃ、それは俺から班長に話す。八年前の事件のことも、浦野さんや大久保の失踪事件についても話をしておく。あと、こっちの書類はどうするよ？　資料室へ移動するか？」

「そうだね。そうしよう」

桃田は丁寧に証拠品を箱に戻したが、恵平も平野も手伝わなかった。部屋を出て、三人揃って二階へ上がる。

署の二階には、各種業務に使える空き部屋があるのだ。

浦野が送ってきた封筒には、本人が言ったとおりにコピーだけが入っていた。書類は二つに分けられて、一括《くく》り分が岡山で消えた外国人女性に関するもの、もう一つが大久保の街娼《がいしょう》失踪《しっそう》事件分だった。岡山のほうには失踪当時のパスポートの写し、他に働き先で写したらしき写真が貼り付けてある。妹に煙草の吸い殻を残して消えた女性はフィリピン国籍で、失踪当時は二十六歳。黒目がちな美人で、浅黒い肌が健康的だ。五名全員が身長一五〇センチ程度と小柄で肉感的な身体つき、肌や目の色は様々ながら、就労中は全員が髪を金髪に染めていた。

「全員が金髪ですよ。これって関係あるんでしょうか」

恵平が訊くと、桃田が答えた。

「ある種の連続犯はターゲットを志向的に選ぶらしいから、大いに関係があると思うね。浦野さんもそう考えたんじゃないのかな。犯人は金髪女性が好きなんだ」

「じゃあ、もしかして、大久保の失踪者も金髪に染めていたとかないですか？」

「俺もそう思ったが、違うようだな」

大久保公園で消息を絶った女性の写真を見ていた平野が言った。

「金髪もあるけど、髪の色は様々で、赤や青の子もいるし、十七歳の高校生に限っていえば黒髪のストレートで真面目そうに見えるけどな」

そういって平野が並べた写真は、ＳＮＳからピックアップされたもののようだった。写真は加工ソフトが使われていて、実際の彼女たちとは乖離《かいり》がありそうだし、それが失踪当時の様子かどうかもわからない。女子高生の写真だけが学生証のものだった。

「休みの間だけ髪を染めたり、ウィッグを使うこともあるから……この写真だと捜査に役立ちそうもないですね」

ただし、写真の下にはそれぞれの大まかな体格や特徴がメモされていて、そちらを見ると一番背の高い子で一五六センチ。他の失踪者は一五二センチから四センチくらいと書かれていた。

「小柄な子たちであることは、間違いないみたいだね」

「浦野さんも言ってましたけど、連れ去るときに車を使ったことと関係があるんでしょうか――」

　恵平は彼女たちの写真を指でなぞった。自分に超能力があってヒントを得られればいいけれど、感じたのはコピートナーのつるつるした手触りだけだった。

「——ホームレスの人たちが拉致《らち》されたときは、パッカー車が使われました。今回のケースが拉致だとすれば車両捜査支援システムのカメラに映り込まないために、後部座席に伏せさせておくか、荷台やトランクに押し込むしかないと浦野さんは言いました。車に乗せるとき、警察が張り込みしているとか言って伏せさせることは可能かもしれないけど、自分なら、そんなことを言う男の車に乗るかなあと思ったり」

「確かにな。彼女たちも身を守るためのアンテナは張ってるはずだ。客の様子がおかしけりゃ、ノコノコついては行かないよな」

「何かで脅されていたとしたらどうだろう？　犯人がもう一人いて、後部座席で刃物を突きつけられていたなら」

「伏せるかもしれません。でも、正面から捉《とら》えた映像なら、シートの隙間から後部座席が確認できます。そうなると、やっぱり荷台かトランクだと思うんです」

「その場合、被害者の意識を失わせておかないとまずいだろ？　信号で止まるたびトランクがガンガン鳴ってたら、通行人か誰かが気付く可能性がある」

「うん。つまり犯人は、どういう方法を使ってか、被害者を意識不明にしてトランクか荷台に押し込んだってことになる。瞬時に効くなら薬物だろうね、覚醒《かくせい》剤とか」

「確かにな。間違って死んでもいいなら、麻酔薬よりは覚醒剤のほうが入手しやすい。麻酔薬は足がつくから」

　女性たちの何人かは、髪型やメイクを変えた写真でも同じアクセサリーを着けていた。煙草の吸い殻を残した彼女はマルシアと言い、銀の十字架を愛用していたようだ。最近失踪した女子高生は学生証の写真でもピアスをしている。恵平も知っているKポップグループのロゴデザインだ。ファンクラブ会員の限定品だと思う。

「こうやって行方不明の女性の写真が並ぶと、さすがにゾッとしてくるな」

　テーブルを覆い尽くす資料を見下ろして桃田が言った。

「だな。俺もさすがにゾワゾワしてきた。これは、やはり、河島班長を呼んでくるか」

「ぼくもそれがいいと思うよ。もはや浦野さんだけの事件じゃない。八重洲口で人が死んでるんだし……と、いうことで、ぼくも課長と伊藤さんを呼んでくる」

　先輩二人は恵平を見下ろし、

「夜勤明けだから堀北は帰りな」

　と、桃田が言った。

「先《ま》ずは寝ろ。何かあったら連絡するから」

平野がそう言って廊下へ出たとき、恵平は思い出した。提出すべき日報書類が、書きかけで休憩室に置いてあることを。

「うわあ……わかりました！　とりあえず私は日報を上げないと」

「それはマズいね。がんばって」

誰が自分を呼び出したのかと、恵平は思いながら部屋を出て、書きかけで放置した日報が誰かの目に留まっていませんようにと祈りながら階段を駆け下りた。

第四章　レクリエーション・ルーム

コンビニで買い込んだ食べ物をお腹に入れて、シャワーを浴びて仮眠して、目覚めると午後四時を回っていた。

平野や桃田から何か連絡が入っているかとスマホを見たが、どちらからも連絡は来ていなかった。締め切ってエアコンを入れっぱなしの室内は、暑くはないが快適でもない。濁った空気が循環しているようで、恵平は押し入れベッドを抜け出して、西日を遮るカーテンを開け、照り返しの凄《すご》さに悲鳴を上げた。

「ひゃ〜、暑い〜」

窓を全開にして風を入れようと思ったのに、冷えた空気が逃げてしまう危機感に再びカーテンを閉めてしまった。家に居ても暑いし、外も暑い。勤務中は重装備でも暑さはさほど気にならないのに、非番と休みの日は東京の暑さにげんなりとする。故郷の涼しさを知ってしまえばなおさらだ。

もう一度冷水のシャワーを浴びて、恵平は私服に着替えた。

メリーさんに渡しそびれたお土産とペイさん用のお土産を持ち、軽装に官給の革靴を履いて外に出る。東京駅へ行ってペイさんに靴を磨いてもらおうと思っていた。涼しい地下街を通って丸の内側へ抜け出すと、思った通りペイさんは、日陰に店を出していた。歩道の敷石が太陽を照り返し、地下鉄入口の影が真っ黒に見える。夏場はサンダルの人が多いので、靴磨きが繁盛しないとペイさんは言うが、それでも兜《かぶと》町《ちょう》のトレーダーなど、ペイさんが靴を磨いてくれないと困ってしまう人たちは多い。ちょうど紳士の靴を磨き終えたところだったので、恵平は小走りに近付いて、

「ペーイーさんっ」

と呼びかけた。古いハンチングの下から恵平を見上げて、ペイさんはニコリと笑った。口元がよく見えて、下の歯も一本減ったんじゃないかと思った。

「靴を磨いてくださいな」

「いいよう。靴は大事だもんねえ」

ペイさんはそう言って靴置き台をポンと叩《たた》いた。奥さん手編みのレースカバーの椅子に掛け、靴置き台に片足を載せてから、恵平はお土産の石鹸《せっけん》をペイさんに渡した。手のひらにスッポリと収まってしまうほどの石鹸はシルクの粉でできている。絹糸の

ような泡が立ち、スベスベになって長持ちもする不思議な石鹸だ。

「おおや、これはなんだろう？」

老眼のペイさんは、石鹸を手に取ってからしみじみと眺めた。

「お土産だよ。岡谷の製糸場が絹で作ってる石鹸なんだけど、すごくいいから使ってみて。ペイさんは手を使う仕事だし、奥さんが顔を洗ったら美人になるから」

「ええ……うちの母ちゃんでも美人になるって？　そりゃまたすごい石鹸だねえ」

「ほんのちょっとで泡立つし、皮脂を取り過ぎないで肌がなめらかになるから」

「おいちゃんが使ってもいいのかい？　そんな石鹸」

「食べ物よりはいいかと思って」

ペイさんは拝むように石鹸を持ち上げて、

「ありがとうねえ。使わせてもらうよねえ」

と言いながら、貴重品を入れる腰のポシェットに押し込んだ。

乾いた布で靴の埃《ほこり》をサササッと落とし、道具箱から最適なクリームを選び始める。

「だけど、岡谷ってどこにあるんだい」

そう訊《き》いたので、笑ってしまった。

「あ、そうか。私、長野へ帰ってたんだよ。向こうのお盆は八月だから」

「そうかい。岡谷は長野かい？」

「んー……私の郷里とは離れてるけど、諏訪《すわ》湖って知ってる？」

「知ってるよ。冬に氷が、なんだっけ……神様が渡って割れるとこだろ」

「そう。御神渡《おみわたり》って言うんだけど、全国的に有名なのは、木落しの神事がある御柱《おんばしら》祭かな。岡谷はそっち方面なのよね。長野は広くて長いから」

「いいねえ。行ってみたいねえ」

「私もペイさんに来て欲しい。郷里は田舎で、何もないけど、ペイさんと奥さんが来るなら観光名所を案内するよ」

ペイさんは「ふぇっ、ふぇっ」と笑った。

俯《うつむ》いて靴を磨くときのペイさんは、いつも手元と帽子しか見えない。絆創膏《ばんそうこう》を巻いた指で靴クリームをちょいと塗り、目にも留まらぬ速さで布を動かし、ピッピと水を振りかけてまた磨く。靴は見る見る光り出す。ペイさんは俯いたまま、

「ケッペーちゃんは、最近、メリーの婆さんと会ったかい？」

と、静かに訊いた。

「会ってない。というか、メリーさんにもお土産を渡したかったから、昨夜パトロールの時にY口26番まで行ったんだけど……」

「あれ？　いつものところにいなかったかい？」

ペイさんは顔を上げて訊いた。

「ううん。いるにはいたんだけど」

ご主人のことを、メリーさんより先にペイさんに話すのは違う気がして、

「眠っていたから起こさなかったの」

と、恵平は言った。

「そうかー、うん。そうだよねえ」

ペイさんの手が一瞬止まったのを見て、恵平は胸騒ぎを覚えた。

「え、なに？　メリーさんに何かあったの？」

訊くとペイさんは仕上げをしながら、

「そうじゃないよう」

と、頷《うなず》いた。俯いたままなので表情は見えない。

「はい。こっちはきれいになったよ」

恵平は靴を置き換えた。また同じ作業を繰り返しながらペイさんが言う。

「そうじゃなく。今朝がた、婆さんがここへ来てさ……」

乾いた布で埃を落とし、シワの部分もきれいにしてからクリームを選ぶ。左右とも

同じ靴なのに、クリームの配合は少しだけ違う。歩き方に癖があるから、革の傷み方もシワの入り方も違うのだとペイさんは言う。

「……『もういいの』って、言うんだよ」

「何がいいの？　もういいのって、どういう意味？」

「ご主人と会って、話ができたんだってさぁ」

「……え」

恵平は不覚にもゾーッとした。

昨晩地下道の階段で見た光景が頭に浮かぶ。メリーさんに寄り添っていた男性の、真っ直ぐで誠実な目を思い出す。

まさか、そんな。やっぱりご主人はメリーさんを迎えに来ていたとか。

「やだよ、なに、それ、どういう意味？」

「ここんとこ、三日続けて死んだご主人が夢枕に立ったって言うんだよ。それでさ、特になにも話さないんだけど、婆さんは、向こうも自分を待っててくれたとわかったってさ。駅にいようが、どこにいようが、餅屋《もちや》の女将《おかみ》でも、ホームレスでも、あの人には関係なかったみたいって笑ってね。息子たちにあんまり心配かけてもあれだから、家に帰ることにしたって」

「……それ、ホント？」

「ほんとだよう」

と言いながら、ペイさんの手がまた止まる。

「このままだとさ、婆さんはいつかどこかで野垂れ死ぬかもしれないだろう？　そうなったらケッペーちゃんたちお巡りさんに迷惑かけてしまうもん。おいちゃんもさ、それはあんまりよくないよって。どうしても、いる場所がないならアレだけど、婆さんには立派な息子がいてさ、帰る家だってあるんだから、やっぱりそれは我が儘《まま》が過ぎるんじゃないのって、たまに話してたんだよね。だってそのとき、ケッペーちゃんは泣いちゃうだろう？　婆さんだって、それはイヤだと思うんだよね」

「私のせいなの？　私に心配かけないために？」

「違うよう」

ペイさんは顔を上げ、歯の抜けた口でニタリと笑った。

「気が済んだってことなんじゃないの？　誰だって、何にだって終わりはあるよ。このままだとさ、婆さんはいいけど、息子さんやお嫁さんがかわいそうだろ？　親子なんだからさ、面倒掛けて、すったもんだして、そうやって、最後まで一緒にいるのが家族じゃないか。あの婆さんは我が儘なんだよ。我を通すのもいいけれど、あの引き際はわきまえなくっちゃ……いい大人なんだから」

　恵平は、とても大きなため息を吐いた。

　メリーさんには家があり、心配してくれる家族がいるのだ。Y口26番通路は家ではないし、メリーさんがそこにいなきゃならない理由もない。

　それなのに、夜の踊り場から彼女が消えると聞かされただけで一抹の寂しさを感じているのだ。この感情はなんなのだろう。ずっとメリーさんの幸せを願ってきたのに、どうして寂しいなんて思うんだろう。

　誰もいなくなったY口26番通路を見るのは寂しい。そこに行けばいつでも会えて、おっとりとした顔で微笑んで、色々な話を聞いてくれたメリーさん。自分はきっと、メリーさんを家族の許《もと》へ返すことが寂しいんだと思う。兎屋にいるのはメリーさんじゃなくて、大女将の柏木芽衣子さんだから。

「……よかった」

　と、恵平は無理矢理言葉を吐き出した。

「よかった。ホントに……ああ……よかった、うん。よかった」

　それは本心だったけど、ペイさんも少しだけ寂しげに思えた。

「ペイさん、寂しい？」

訊《き》くとペイさんは「ふぇ、ふぇ」と笑った。

「おいちゃんは寂しかないよ。ホームレス仲間はどうだか知らないけどさ、でも、婆さんのことだし、今までだってお餅を配ってあげたりしていたんだから、これからだって同じようにすると思うよねえ。ただ、段ボールハウスで酒盛りは、もうできないのかな。見る人が見たら驚いちゃうもんね。兎屋の大奥様がホームレスと酒盛りしてたらさ。そう考えたら、一番寂しいのが板金工の人じゃないかな」

その人の名前は徳兵衛さんだ。

「だけど東京駅にはケッペーちゃんたちがいるからさ、おいちゃんは心配していないんだよ。おもて交番のお巡りさんがさ、いつも見守ってくれてるもんね」

「うん。そうだね。私が見守る。メリーさんの分まで見てるよ」

「はい、できあがり。ピカピカだ」

ペイさんが出した手のひらに『ペイ』を載せ、恵平は立ち上がった。

ペイさんに磨いてもらったあとは新品の靴よりきれいになって、履き古した靴よりも足になじむ。恵平はその場でタタタと足踏みをして、

「ペイさんありがとう。また来るね」

と、お辞儀した。

「暑いから、ちゃんと水分とらなきゃダメよ？　お茶とかある？　買ってこようか」

「ありがとねえ、大丈夫だよう。母ちゃんが水筒持たしてくれてるからさ」

日に焼けたペイさんの笑顔に見送られ、恵平は呉服橋方面へ向かった。ちゃんとしたごはんを食べようと思ったからだが、ダミちゃんに着く前にポケットのスマホが震え始めた。着信画面には『平野先輩』の表示がある。

恵平は足を止め、日陰に入って電話に出た。

「はい。堀北です」

――平野だけど、今いいか？――

「大丈夫です」

答えると、『班長に話したぞ』と、平野は言った。

――高橋祐介のサンプルはDNA鑑定に回された。結果を待って岡山外国人女性失《しっ》踪《そう》事件のサンプルと照合することになった。その件については浦野さんがうちの浅川さんにも話していたようで、俺たちが鑑定した毛髪と爪について浅川さんからも訊かれたよ。ピーチも呼ばれて、班長の前で――

「とうとう……タイムスリップの話をしたんですね」

――んなわけねえだろ。話の収拾つかなくなるわ。ピーチが上手《うま》いこと……っていうか、鑑識官として後学のため鑑定に出したって話したよ。警察官だった人の息子が古いサンプルを持っていたので融通してもらったと……まあ、嘘ではないし、署の連中はピーチの性癖を知っているから、班長も浅川さんもそれ以上は突っ込んでこなかった。もしもマイクロバイオームの件が正式な事件になれば、その警察官は柏村さんだと話すべきだとは思うけど、今はややこしくなるだけだから――

「はあ」

桃田の性癖が、まさかこんなふうに役に立つとは。

何とかなったようなので、恵平は感心すると同時にワクワクしてきた。

――それで高橋祐介のほうだが、念の為に大手町の事務所を調べようとしたら――

すでに契約解除されていたんだよ、と、平野は言った。

――班長に話してすぐに現場を見に行ったんだが、完璧《かんぺき》なる『もぬけの殻』だった。で、不動産屋を訪《たず》ねて話を聞いたら、うちの署へ死亡確認に来た足で、父親が不動産業者へ行って契約解除していたんだよ。手回しがよすぎじゃないかな。ビルを借りてる人から話を聞いたら片付け業者が来てたというから、どこの会社か、いま調べているところだ――

「家賃が高いから、すぐに契約を切ったんじゃないですか？　それか、向こうからまた東京へ来て手続きするのも面倒だから、すぐにやったということも」

――一理あるけど、どうせ遺体の引き取りにも来なきゃだろ？　それに不動産は日割りで借りるわけじゃない。何より解《げ》せないのは、息子が死んですぐだぞ？　しかも突発的な死亡事案で、そんなとこまで気が回るか普通――

「それは確かに……先輩は他の理由があると思うんですね？」

――理由は全くわからんが、ただの自殺じゃなさそうだという気がビシバシしてきた。不動産屋の話じゃ、父親は立派な身なりの紳士で、息子のほうは木で鼻を括《くく》ったような、横柄で嫌な感じのヤツだったらしい――

荒《すさ》んだ鼻息の音がした。

――と、言うわけで、班長も課長もこの件はもっと調べた方がいいと言い出した。ピーチの性癖が、まさかこう転がるとは思わなかったが、浦野さんが署に来てくれたおかげもある。大久保公園は新宿署の管轄だけど、あそこはメチャクチャ忙しいだろ？　肩を持つつもりはないけど、次々仕事が舞い込んでくるから、緊急性がないと判断されれば捜査はしないと思うんだ。ただ、女子高生の件は調べているはずで、班長が新宿署へ出かけていった。戻れば詳しい状況がわかるから、また連絡するよ――

「私はどうすればいいですか」

連絡を待て。と、平野は言った。

——俺も高橋祐介について調べてみる。あと、代議士だった父親のことも——

「はい」

と答えて通話を切ったが、担当部署が違うとはいえ、こういうとき捜査に参加できない自分の立場を、恵平はもどかしく思った。

消えた女子高生は無事なのだろうか。柏村の時代に起きた女生徒失踪事件のように恋人と一緒にいるならいいけれど。でも、失踪事案は似かよった状況で複数起きているのだし、消えた女性が全員小柄だったことも気にかかる。岡山の失踪事件ではさらに、柏村が残した毛髪や爪とＤＮＡが一致する人物が存在している……恵平は考えた。

ＤＮＡが符合する。昭和の誰かと、ＤＮＡが符合する。

心臓に虫が入り込んだようにムズムズとして、全身の血液が逆流を始めたように思った。柏村さんが訴えたかったのはこれかもしれない。柏村さんが知っていて、その犯行を止められなかった誰かが『現在』にいるんだ。柏村さんはその人の悪意を知って、起こしそうな犯罪を予測して、それを伝えようとしているのかも。

——柏村さんには救いたい人がいたそうよ——

頭の中でメリーさんが言う。

それが誰なのか、ずっと考えてきたけれど、もしかしたら、それは特定の人物ではなく『未来』の私たちのことだったりして。

顔を上げ、目の前を行き交う人々を見た。ある人は足早に、またある人は談笑しながら街を行く。彼らはみんな、数分後にも、数時間後にも、明日《あした》にも、日常が続くと信じている。

あのときもそうだった。

恵平がおもて交番前で無差別殺傷事件と遭遇したときも、数秒前まで変わらぬ景色があったのだ。街は平和で、恵平自身もそれが続くと信じていた。

でも、そうじゃなかった。悪意と憎しみに囚《とら》われた者は平和の中に潜んでいる。日常は突然いびつに歪《ゆが》んで、蹂躙《じゅうりん》されて、奪われた。わずか数秒、コンマ一秒、ほんの少し早くその気配を感じ取れたら、事件が起きると予測できたら、被害者たちを守れたのに。恵平はそう思い、悔しくて、悲しくて、敗北感に打ちのめされた。

柏村さんもそうだった？

未来につながる犯罪の根っこを摑《つか》んでいたのに、伝えることなく亡くなった？

その無念が警察官を呼ぶ？

うら交番の謎を解いたら救われるのは、過去の誰かではなく私たちなの？

ボーッと突っ立っていたら、見知らぬ人が異様なものを見るような目を向けて通り過ぎて行き、恵平は我に返った。心臓がドキドキしていたし、この閃《ひらめ》きを誰かに聞いて欲しかった。けれど、その話をできる相手は平野と桃田以外にいない。両手で顔を覆ってから、その手を頭の上へとずらし、ショートヘアを思いきり後ろへ引っ張った。頭皮と一緒に目が吊《つ》り上がり、指先に頭蓋骨《ずがいこつ》の硬さを感じた。

「……ふう」

気持ちを仕切り直してダミちゃんでごはんを食べているとき、今度は桃田から電話があった。恵平は店の外に出て、壁際に積み上げてあるビールケースの隙間に立った。

――平野から伝言を預かったよ。堀北、明日は公休日だよね？――

「はい。そうです」

――平野も代休だから那須《なす》高原《こうげん》まで行かないかって――

「え？」

まさかこんな時にデートの誘いでもあるまい。考えていると、

――デートの誘いとか思ってる？　そういうのじゃないから安心して――

乙女心への配慮もなく、桃田はサラリと先を続けた。

——高橋祐介は自殺だよ。それは間違いなさそうで、だから帳場《捜査本部》は立たない。だけど平野が諦《あきら》めなくてさ、しつこく言われて調べてみたら、父親が那須高原に数千坪の土地を所有していることがわかったんだ。別荘とか建物自体はないんだけどね、山林私有地は所有しているというわけだ——

「もしかして……」

恵平はその先を言わなかったが、桃田と平野がその場所を遺体の埋葬に使っていると考えていることはわかった。高橋祐介が女性たちの失踪《しっそう》に関わっていて、彼女たちが死んでいるとするならば、だが。

——うん。だけど私有地だから、令状もなく捜査はできない。それでさ、平野がピクニックに行きたいと言うんだよ。ぼくも一緒に行きたかったけど、高橋祐介のスマホから、なんとかデータが取り出せそうで忙しい。平野は会議中だから、ぼくが代わりに電話したんだ——

桃田は時間と待ち合わせ場所を告げてから、

——あと、これは平野の提案だけど、誰かもう一人誘えないかって——

「誰かって、誰ですか？」

——うん。堀北と平野が二人で動くと越権捜査ととられかねないだろ？　でも警察官にもプライベートはあるわけで、デートだったら問題ないんだけどさ——

「そういう関係じゃないですから」

——だよね。だから第三者がいるといいのかな。堀北の友だちとか——

「でも……」

と、恵平は声をひそめた。

「……もしも何か見つけてしまったらどうします？　その人にトラウマを生むことになります」

——遺体を剥《む》き出しにしているはずはないからさ。土地の様子だけ見られればいいんだよ。私有地として囲ってあるのか、それが厳重か、怪しいか。そこだけわかればオッケーなんだ。ネットのビューだと森しか見えないし、道にカメラは入っていないし、小さな黒い点があるだけだ——

「なんですか？　点って」

ネットにつないで俯瞰《ふかん》画像を見ているのだろう。桃田は少し考えてから、

——なんだろうなあ。有刺鉄線とか張るための材料を置く小屋かもね——

「わかりました」

と、答えたとき、恵平は一人の人物を頭に思い描いていた。

通話を終えると店内に戻って、ダミさんに三人分のお弁当を頼んだ。

「珍しいねえ。どっか行くのかい？」

「デート」

と、恵平が答えると、

「マジかよ。誰と？ え、じゃ、なんで弁当三人分だよ。二人分も食う彼氏かい？」

ダミさんが真剣に訊《き》いたので、恵平は「あはは」と笑った。

「違うよ、彼氏が二人なの。署の先輩と、徳兵衛さん」

ダミさんは「なーんだ」と笑った。

「脅かすない。デートじゃないのか」

そして恵平からは見えないように、

「よかったな、おい」

と、いつもの店員の腕を叩《たた》いた。

恵平はごはんを食べて、明日の準備をするために意気揚々とダミちゃんを出た。

丸の内から那須高原までは東北《とうほく》自動車道経由でも片道二時間半以上はかかる。

恵平は仕込み中のダミちゃんに寄ってお弁当を受け取ると、飲み物を準備してから待ち合わせ場所へ向かった。

徳兵衛さんを誘うと決めたのは、メリーさんが自宅へ戻る話を聞いたからだ。あのとき自分が寂しさを感じたように、徳兵衛さんも気落ちしているのではと思って心配になった。人は誰でも一杯一杯で暮らしていて、些細《ささい》な変化がメンタルを攻撃してくることもある。ガード下の段ボールハウスを訪ねてドライブに誘うと、徳兵衛さんは照れくさそうに笑いながら、ドライブなんてもう一生できないと考えていたと話してくれた。そしてこう言ったのだ。

ケッペーちゃんと二人きりならなおよかったのにな。

通勤で行き交う人の波をくぐって、まだ比較的人通りの少ない商業ビルのほうへと進む。平野や徳兵衛さんとは、はとバス乗り場近くの道沿いで待ち合わせをしている。もらったときはまだ温かかったお弁当の中身は訊《たず》ねていない。ダミさんが作ったなら美味《おい》しいことは決まっているし、恵平はお弁当の包みを開けるときのワクワク感が大好きだ。それに、都内には遊んでくれる友人もいないので、独自捜査の一環とはいえ、平野とドライブできるのは嬉《うれ》しい。

足取り軽く進んで行くと、すでに蒼《あお》い車が停車していた。前に桃田と出かけたときも蒼いレンタカーだったので、すぐにわかった。約束時間の五分前。平野と見知らぬおじさんが、ガードレールに身体を預けてこちらを見ている。

「おはようございます」

駆け寄って、挨拶《あいさつ》をして、驚いた。

袖《そで》をめくったチェックのシャツにニッカボッカーみたいなズボン、赤い帽子にチェックの靴下、首に水筒をぶら下げているのは、見知らぬおじさんじゃなく徳兵衛さんだ。軽装の平野は恵平を見ると、小指の先で頭を掻《か》いた。

「うわ、徳兵衛さん。その格好はどうしたの？　見違えた」

褒めたわけでもなかったが、徳兵衛は満足げに、

「そうかい？　似合うかい？」と言った。

「ケッペーちゃんに恥をかかしちゃ悪いからな。風呂《ふろ》へ入って着替えをしてきた」

背の高い平野が徳兵衛の頭の上から、

（なんでもう一人がオッサンなんだよ）

と口パクで言う。徳兵衛が見ている前では説明も難しい。

「まあいい。乗れ」

と、平野は言って、運転席に乗り込んだ。

徳兵衛が疎外感を味わないように、恵平は彼と一緒に後部座席へ乗り込んだ。座席の真ん中に置いた包みから、お弁当のいい匂いがする。

「ダミさんにお弁当作ってもらいました。ちゃんと三人分ありますからね」

「どうりでいい匂いがすると思った」

徳兵衛はそう言うと、貴重品入れのリュックからお菓子を出した。赤い箱に入った白いキャラメルだ。

「どうぞ」

と、言うのでひとつもらった。

「兄ちゃんもひとつ食え」

運転中の平野は徳兵衛さんの手先をチラリと見てから「なに？」と訊く。

「キャラメルですよ。剝きますか？」

「歯磨いたとこだから後でいい」

と、平野は言った。

「なんだい、つまんねえなあ。今日はケッペーちゃんとドライブだぞ？　遠足の日は自分の好きなお菓子をさ、こっそり持って行くんだよ。お弁当はおにぎりで、新聞紙に包んでいくんだ。飲み物は水だな。お茶もいいけど、やっぱり水だ。氷が入っていないとさ、お茶は変な味になるからな。子供の頃の遠足は、友だちと行くのが楽しみでさ……弁当なんか、おかずもないよ？ それでも旨《うま》いんだ。歩いた後はさ」

「徳兵衛さんが子供の頃は、どこへ遠足に行ってたの？」

「そりゃ東京タワーだよ」

「あー……」

恵平と平野は同時に言った。

「家族で一番最初に東京タワーへ行ったのが俺だったんだよ？ 立派でデカくてビックリしたねえ。あの頃はさぁ、まだ田んぼや畑もいっぱいあって、肥溜《こえだ》めの横を通るときなんか、臭《くせ》えわ臭えと大騒ぎでさ。いいんだよ、子供は箸《はし》が転んでも可笑《おか》しいんだから……スカイツリーなんてなかったし、あれが一番高かったんだ」

徳兵衛は半透明の包み紙を剝くと、キャラメルをポイッと口に入れた。

恵平も倣ってキャラメルを剝く。つるんとした包み紙には髪をカールした女の子の絵があって、キャラメルは甘酸っぱくて懐かしい味がした。

「あ、私、この味知っている」

思い出の底にある味だ。遠足の前の日は、てるてる坊主を吊《つる》していたっけ。

子供のようにはしゃぐ徳兵衛を見ていると、やっぱり誘ってよかったと思う。ダミさんお手製のお弁当からは海苔《のり》の匂いが漂っている。

「徳兵衛さんは、今日もお腹に自前の治具《ジグ》を巻いてるの？」

訊くと徳兵衛は、

「いつだって巻いてるさ」

と言った。

　腕のいい板金工の徳兵衛は、借金の保証人になったことから全財産を無くしたが、ホームレスをしながら板金工としても働いている。それでも家賃や光熱費を払う余裕はないし、まだ借金も返しているから生活はカツカツだ。何があっても大切な商売道具だけは守れるようにと、道具類をしまった帆布の袋を腹に巻いて持ち歩いている。そのせいもあって、座席に座る姿勢は正しい。

「オッサンに言っておくけど、観光地巡りはできねえからな」

高速道路へ向かいながら平野が言った。

「別にいいんだ。東京に住んでりゃ観光地なんか興味ないよ」

「ならいいけど、付き合わせて悪いな」

徳兵衛は運転席のヘッドレストに手を掛けて、ルームミラーの平野を覗《のぞ》いた。

「ケッペーちゃんとドライブってだけで、冥土《めいど》の土産ができたってもんだ。この子は俺の命の恩人だしさ」

「俺とピーチも恩人だろうが」

「知らん」

徳兵衛はピシャリと言った。

「ケッペーちゃんだけでよかったんだよ。マウスチュウマウスをしてくれるのは」

「徳兵衛さんやめて、その言い方。ハズカシイから」

徳兵衛は「うひひ」と笑った。

「今日は楽しいねえ。いや、ありがとう」

ぴょこんと頭を下げたあと、徳兵衛は窓の外を見て鼻歌を歌い始めた。

そして、合間にボソリと、

「聞いちゃいねえよ？　俺ぁ、なーんにも聞こえちゃいねえからよ」

と、呟《つぶや》いた。恵平と平野はルームミラー越しに視線を交わした。

「心配しなくてもオッサンに聞かれて困るような話はないよ」

苦笑して平野は車を飛ばす。

恵平たちが知らない昔の話、それでも年配の誰かに聞いて少しは想像がつく話、徳兵衛の話術は冴《さ》え渡り、笑ったり騒いだりしている間に景色はいつしか変わっていった。土地勘がないので行き先はカーナビ任せだが、木々の植生が変化して、広大な農村地帯と、それを守るようにそびえる那須連山が見えてくると、ずいぶん遠くへ来たなと思う。

「やあ、空が広いねえ」

ウィンドウを開けて徳兵衛が言う。風が車内に入り込んでくると、知らない土地の匂いがした。東京からここまででも一八〇キロ近くあるというのに、岡山在住の代議士が土地を買ったのはなぜだろう。投資目的で海外に資産を持つ人もいるわけだから、お金持ちには普通のことなのだろうか。

市街地を抜けて山のほうへと車は進む。山肌を剝《む》き出しにしてそびえる信州の山とは違い、那須の山々は仄《ほの》かに丸く、故郷で見慣れた北アルプスよりも南アルプスを思わせた。山懐に様々なレジャー施設が点在する那須高原は、林の中の造成地を狭い道路が網の目のように走っている。分譲中で建物がない土地も多くて、開発中という感じがする。

「別荘地になるんでしょうか」

遠目に土地を見ながら訊《き》くと、平野は短く「かもな」と答えた。

点在する家々は企業所有の山荘や寮、別荘や宿泊施設のようで、常に住人がいるわけではないらしい。建物と建物の間は広く、森や林がずいぶん多い。

時刻は昼少し前。路肩に車を止めてしまえば、どこでもお弁当を広げられそうだ。

「やっぱり少し離れてるんだな」

車はゆっくりと山道を上っていく。高橋祐介の父親が所有する土地は分譲地のどん詰まり、道が途切れて苦土《にがと》川へ落ち込んでいくなだらかな傾斜の上部にあった。

「あれ、この先じゃなかったかなあ」

徳兵衛が首を伸ばして振り返る。狭い道の周囲に樹木が生い茂っているので、梢《こずえ》の隙間に少しだけ頂が見える程度だが、

「ほら、有名な九尾《きゆうび》の狐だよ。知ってるかい？」

と、恵平を見た。恵平は首を左右に振った。

「今の若いのは知らねえか。古狐が玉藻前《たまものまえ》ってぇ絶世の美女に化けてさ、大陸からやってきて、朝廷に仕えて男たちをたぶらかしてさ、陰陽師《おんみようじ》に正体を見破られて、殺生《せつしよう》石《せき》ってぇ毒を吹く石になったんだよ。その石があるのが那須湯本《ゆもと》……へへへ。むかーし、会社の慰安旅行で来たことがあるんだ」

「残念だけど、今日はそこまで行けないと思うぞ」

平野は行き止まりまで進んで車を止めると、シートベルトを外して外に出た。

「なんだい？　ここが目的地かい？」

徳兵衛に訊かれて恵平は答えた。

「土地の様子を見に来たの。事件でも捜査でもないから徳兵衛さんを誘ったんだけど、面白そうな場所じゃなくてごめんね」

「いやなに」

と徳兵衛は笑い、自分もシートベルトを外した。

車の外には涼しい風が吹いていた。都内で感じる熱波ではなく、すぐそこまで秋が来ていることを感じさせる風だった。チキチキチー、チキチキチー、とアブラゼミが鳴いている。梢の上に広がる空には鰯雲《いわしぐも》が見え、まだまだ暑いと思っていたのに、高原では季節が進んでいることを感じた。気持ちがいいと思うと同時に、うら交番のジンクスが頭に浮かんでゾッとする。

「どう思う？」

と、平野が訊いた。

道の終わりは森である。私有地の看板もなければフェンスで囲まれてもいない。ここまでの道路は右も左も木が生い茂り、近くに家も畑もない。

「本当にここなんですか？」

「間違いないが……思った感じと違ったな」

落胆した顔で平野が言った。

「ピーチ先輩は、衛星画像に点のようなものがあると言ってましたけど」

「物置かなにかだろ？　ここからは見えないが、道の先、やや東寄りに映っているな」

スマホを出して確認すると、たしかに物置に見えなくもない。

「この先にあるのかい？　調べたいものは」

徳兵衛が訊いた。

「そんなら森に入って弁当食おうや。景色のいいとこ探してさ」

「藪《やぶ》だらけで景色なんか見えないと思うぞ」

徳兵衛はニコニコ笑った。

「いいんだよ。仕事半分で来たんだろ？　行ってみようや」

平野が恵平に視線を送り、恵平は訊いた。

「ホントにいいの？　腰を下ろせる場所はないかも」

「ケッペーちゃんたちはアレだけど、俺はただのホームレスだからさ。ホームレスってなぁこういうところも得意なんだよ。ほら、キノコを採りに入ったりさ、カバノアナタケって、白樺《しらかば》に生える漢方薬を採りに来たりするんだ。あるだろ？　そういうことは。ケッペーちゃんは、もっと景色のいいところへ行きましょうって言うんだけどさ、俺ぁカバノアナタケが欲しいから、無理矢理森へ入っちゃうんだよ」

そう言うと後部座席を開けて自分のリュックを背負い、靴下の隙間にズボンの裾《すそ》を押し込んだ。それから首に手ぬぐいを巻き、顎《あご》の下できゅっと縛った。

「ダニがいると思うんだよな。だから靴下をズボンの上に出す方がいい。刺されるとコトだから」

「そうだよね。ツツガムシとか怖いから」

山育ちの恵平は、すぐさま靴下でくるぶしを塞《ふさ》ぎ、ハンカチを斜めに折って首に巻いた。軍手をはめてお弁当の包みを持つと、

「待て待て」

と、悲壮な顔をして平野が言った。

「山に入る前にここで弁当食わないか？　なんとなく……ダニと弁当を一緒に食う羽目になるんじゃないかと……」

今度は恵平と徳兵衛が視線を交わす番だった。

車のドアを開け放し、それぞれの席に座ってお弁当の包みを開けた。

ダミさんが食べやすさを考慮してくれたお弁当は、大きな竹の皮に包まれていた。高菜と梅のおにぎりがひとつずつ。善光寺七味のごまを振った鶏《とり》の照り焼き、分厚い卵焼きに鮭の塩焼き、沢庵《たくあん》と、キュウリの佃煮《つくだに》、赤いタコさんウインナー、ブロッコリーの塩ゆでと、お多福豆が二粒というラインナップだ。

「こりゃ豪勢だねえ」

と徳兵衛は喜んで、食べ物を嚙《か》みしめながら、車の脇まで茂る木々を眺めた。

蟬の歌声が風のように流れてきて、空気は甘く、森が香った。

「うわ……おいしーい……おにぎりって、なんでこんなに美味《おい》しいんだろう。日本人でよかったね、徳兵衛さん。お米ってさ、塩だけで食べられるよね」

「たまにこういうところで食うのもいいな。なんつか、仕事を休んだ気がしてさ」

「今日はちゃんとしたお休みですから」

恵平は平野に念を押した。自分たちは休みでドライブに来たのであって、捜査に来たのでは決してない。そこをきちんとしておかないと、署に迷惑をかけてしまうかもしれない。平野は自分に言い聞かせるように、

「そうだな」

と、言った。

腹ごしらえが済んでから、改めて森へ入った。

靴下とハンカチでダニの襲撃に備えたからには、持ち物はスマホだけである。

森の入口で丈夫そうな木の枝を拾い、平野が先に、徳兵衛を次に、最後に恵平が一列で進んだ。敷地内は下草と灌木《かんぼく》に覆われていたけれど、よく見れば獣道のような跡がある。そこだけ草がなぎ倒されて、灌木の小枝が折れている。

道は平野が言った方向へ真っ直ぐ続いているようだった。

「やっぱり誰か来てるんですね」

「こりゃあよ、何かを押して運んだ跡だな」

徳兵衛が言うので、平野が訊《き》いた。

「オッサン、なんでわかるんだ？」

徳兵衛は足を止め、足先で雑草を蹴《け》り倒した。

「見てごらん。ここに轍《わだち》が残ってる」

それが本当に轍かどうか、恵平と平野は草むらにしゃがんで確認した。獣道自体はザックリとしたものだったが、地面を見ると植物が潰《つぶ》れた跡がある。細かく砕けて変色した茎や葉が、やや地面にめり込んでいる。つまりは重量物を運んだ跡だ。

平野が周囲の草を除《よ》けると、轍の両脇にも線状の跡が残されていた。その奥に、キラリと光るものがある。目敏《めざと》く見つけて恵平が拾うと、それは黄金の紙を巻き付けた煙草の吸い殻だった。

「先輩、これ」

振り向いて平野を呼ぶと、吸い殻を見て平野は言った。

「……トジャルーラ」

「それじゃ、この轍みたいなのはなにかしら」

恵平の呟《つぶや》きに徳兵衛が応じた。

「ネコの通った跡じゃねえかなぁ。ネコ、つまり一輪車だよ。今どきはかっこつけて石材運搬車なんて呼ぶけどよ、砂利や砕石を運ぶ猫車のことだ」

「そうだった。徳兵衛さんは部品や機械に詳しいのよね」

「ま、なんでもやってきたからよう」

平野は周囲を見回して、

「こんな場所で一輪車を使うことなんて……」

言葉を切ると、目の下をピクリと痙攣《けいれん》させた。

どんな状況下なら、こんな場所でも一輪車を使うか想像が付いたのだ。

先を見ると、誰かの通った痕跡《こんせき》は鬱蒼《うつそう》と茂る森の奥へと続いていく。蟬の声が鳴り響き、平野の背中を見ているうちに、恵平は、森の匂いと草いきれで溺《おぼ》れそうになってきた。ドキドキドキドキと心臓が鳴る。頭の中で浦野が呟く。消えた女性を捜していると。恵平は彼女たちの写真を思い起こして自分自身を奮い立たせる。

森の手前までは車が入る。周囲には家も畑もないし、街灯もない。

もちろん防犯カメラもついてはいない。

誰が一輪車を使ったの？ どうして一輪車が必要だったの？

死体を載せた一輪車が森を行く光景を想像する。

平野が歩き始めたので、恵平たちもついていく。

数十メートル歩いた先に、黒い何かが見えてきた。

「あったぞ」

と平野が言って、振り返る。

「ああ、ありゃコンテナだな。こんなとこまでよく運んできたなあ。ヘリで運んで下ろしたのかな。物置にすんなら小屋建てた方が安いと思うが、金持ちの考えることはわかんねえなあ」

徳兵衛は呑気《のんき》に言うけれど、平野は顔が引きつっている。

草の踏みしだかれた痕跡は、林に置かれた鉄の箱へと向かっている。丈高く茂った雑木が箱を包むように枝を伸ばして、森が宝を抱くようだ。それにしても、真っ黒な箱の存在感と不気味さはどうだ。歩いて汗をかいているのに、恵平も手のひらが冷たくなった。

　黒いコンテナは錆《さ》びている。もともと山に捨てられていた箱にも見える。ゆっくりと近付いて行くと、コンテナの扉部分の下にキラキラとした金の吸い殻が無数に落ちているのが見えた。誰かが開け放った扉の中に腰を掛け、ゆっくりと一服を楽しんだのだ。

　コンテナの脇に一輪車が立てかけてある。一輪車はまだ新しく、錆《さび》が浮いていることもない。フレームの部分に蔓草《つるくさ》が巻き付いているが、長く放置されていたわけでもないようだ。山育ちの恵平は、芋づるの伸びる速さを知っている。

「ひと月以内でしょうか。一輪車がここに置かれてからの時間は」

「そんなことがわかるのか？」

　と、平野は訊いた。

「実家の畑が山にあるので、作物の支柱にしょっちゅう草がからみつくんです。サボると取るのが大変で、だから大体わかります。蔓を見ると二週間程度だと思います」

「その頃にここへ来て、一輪車を使った者がいるってことだな……ん？」

平野は手の甲で鼻を押さえた。

一度手を離してから、再び「う」と、顔をしかめる。

風向きが変わった一瞬に、恵平もそれを感じた。一度嗅《か》いだら生涯忘れることができない、しかも二度と間違えるはずのない臭いがしたのだ。

「もういい。わかった……ケッペーはオッサン連れて車に戻れ」

平野が厳しい声で言う。恵平が無言で頷《うなず》いたとき、

「俺ぁ別にかまわねえよ」

両脚を踏ん張って徳兵衛は胸を張った。

「面白くなってきたってことだろ？　俺なら大丈夫だ」

平野は深刻な表情で振り向くと、腰に手を当てて徳兵衛を睨《にら》んだ。

「オッサン。冗談じゃなく、民間人が知らない世界があるんだよ。頼むからケッペーと車へ戻ってくれって」

「やーだね」

徳兵衛は駄々っ子みたいに唇を尖《とが》らせた。

「ケッペーちゃんは、俺のこと心配してドライブに誘ってくれたのかもしれねえけど

さ、俺だって、忙しいあんたたちがここへ遊びに来たとは思ってなかったよ？　デートでもないのに三時間近くも車走らせて、こんなとこまで来るからにはさ、何かあれだろ？　のっぴきならない事情があるんだろ？　俺だってさ、命の恩人のあんたたちには、できることで恩返ししたいと思ってんだよ。や、事情は無理に聞かないけどさ、なんか理由があるんだよな？」

「聞かないってそばから訊いてんじゃねえかよ」

　と、平野は言った。

「徳兵衛さん。悪いこと言わないから一緒に戻ろう。ホントのホントに車で待ってて。お願いだから」

　現場に臨場する警察官は食事を抜くのが鉄則だ。なのに、お昼を食べてしまった。土地の様子を見るだけのつもりで来たからだ。そしてけっこう楽しくもあった。

　土地は有刺鉄線などで囲まれていて、物々しい立ち入り禁止看板があるはずだった。それを見たなら『なんだか怪しい』と思えて満足できた。もしくはただの山林で、『思い過ごしだったね』と、笑って終われるはずだった。美味《おい》しいお弁当を食べた直後に例の臭いを嗅ぐことになろうとは、誰に予測ができただろうか。

　恵平は、腐乱死体の状態を知らない徳兵衛と、間もなく胃から追い出される運命のお弁当を案じた。

「いいんだよ。俺なら平気だって言ってんじゃねえか」

徳兵衛は少し怒った口調で言った。

「俺ぁわかってんだよ。ケッペーちゃんも、あんたもさ」

と、小豆《あずき》粒でもつまむかのように指の隙間を少しだけ空けて、

「これっぽっちの疑惑や疑念を、晴らしていこうって頑張ってんだろ？　だから俺がゴミ溜《た》めに捨てられた時だって、なりふり構わず捜査して、俺を助けてくれたんじゃないか。そうじゃなきゃ……」

徳兵衛はグスッと鼻を鳴らした。

「ホームレスの老いぼれジジイが死にそうだって、誰が心配してくれたかよ。今だって、あんたらは何か、うーん……なんだかわかんないけど、何かを一生懸命にやってんだろ？　それでもってたぶんそれは、警察としては動けない何かなんだろ」

「や。警察として動けないことはないんだよ。まだ動けないってだけで」

徳兵衛は平野に向かって「フン」と言った。

「警察ってぇのはいつだって、事件が起きなきゃ動けねえんだ、知ってるよ。それに縄張り意識も強いんだよな？　だから俺が必要になるってわけだ。たまたまここへド

ライブに来てさ、そしたら俺がカバノアナタケを探しに森へ入って、何か見つけたって不思議じゃないもんな」

「ていうか、俺とケッペーがここへ来てる時点で怪しすぎだろ」

そう言う平野に徳兵衛は懇願した。

「俺に恩返しさせてくれって」

背の高い平野が徳兵衛越しに恵平を見る。

（どうする？）

と、心の声が聞こえたので、恵平は頷いた。

「徳兵衛さんは無理しないでね。あと、いつでも逃げていいからね」

三人は草むらに並んでコンテナを見た。

藪を揺らして風が行くとき、恵平は無意識に一度嗅いでしまった臭いを探す。

無言のまま、横一列に並んでコンテナに近付いていくと、金色の吸い殻が嫌な感じで視界に入った。あと一メートルほどの場所まで来たとき、平野は突然足を止め、ハンカチで鼻と口を覆った。

チチチ、と草むらで虫が鳴く。

もう誰も口を開かない。

恵平も首に巻いていたハンカチを外して折りたたみ、それで鼻と口を覆った。徳兵衛も首に巻いていた手ぬぐいをほどくと、泥棒みたいに顔の下半分を覆い隠した。

コンテナの扉は開いていない。周囲に人影はなく、コンテナ内部から物音はしない。平野が独りで先に行き、無言で振り返ると、恵平に人さし指を立てて一輪車を見た。先《ま》ずは一輪車を調べると言ったのだ。

誰かが聞いている恐れはないが、不用意に喋《しゃべ》って空気を吸い込むのはごめんだ。悪臭が目を刺激して涙が溢《あふ》れ、心臓がバクンバクンと鳴り出した。

平野は屈《かが》んで確認したが、不穏な汚れは見つからない。自分を納得させるように首を振る。一輪車で血だらけの死体を運んだ形跡はない。でもそれは、もっとおぞましい事実を示しているのかもしれない。

ここへ来たとき被害者たちは、まだ死んでいなかったのだ。

チチチ……チチチチ……草のどこかで虫が鳴く。

平野は立ち上がり、草地に直《じか》置きされたコンテナを見上げた。その足下で、無数の吸い殻が光っている。箱そのものには窓がなく、換気口もなく、観音開きの扉があるだけだ。そして扉の前だけは、扇形に草が倒されていた。扉がこすった跡だ。

「妙だな」

と、くぐもった声で平野が言った。

扉に鍵《かぎ》がなかったからだ。

恵平も、妙だと思った。臭いの元がコンテナに入っているとして、簡易キーひとつ付けていないのは不用心だ。鉄条網で囲われた私有地ならいざ知らず、徳兵衛が言うように、偶然にも第三者が森に踏み入り、箱を見つけて開けるかもしれない。

「ちょっと下がってろ」

平野は後ろ手に追い払う仕草をしてから息を止め、ロックシャフトの脇にあるハンドルをハンカチで包んで握った。

恵平は徳兵衛に寄り添うと、鼻と口を押さえていないほうの手で、徳兵衛の二の腕をそっと摑《つか》んだ。

平野はハンドルを押して、回した。ギ、ガチャンと音を立ててロックが外れ、そのとたん、コンテナ内部からものすごい悪臭が噴き出してきた。

「う、ゲホッ」

と平野は嘔吐《えず》き、腰を折り曲げて悪臭から身を隠す。

咄嗟《とっさ》に恵平は徳兵衛の袖《そで》をひき、扉口から数歩下がった。

ウワン、ウワン、ウワンと蟬が鳴く。草藪を風が通って、凄《すさ》まじい空気をかき回す。

口と鼻を覆っていても涙が流れ、平野は屈んだまま数メートルほども藪を走った。

　恵平もまた徳兵衛を連れて後ずさり、コンテナに背中を向けてしゃがみ込む。

　さすがの徳兵衛も目を白黒させながら、

「こりゃ、ひどい」

と、小さく唸《うな》った。

　間違いない。あそこに何か入っている。それでもすぐには近づけない。何があるのかわかっていても近くに寄れない。悪臭は、すなわち毒だ。迂闊《うかつ》に近寄れば、死体で繁殖した病毒を全身に浴びるかもしれない。三人で風上に逃げてから、平野が訊《き》いた。

「無事かオッサン？　や、答えなくていい。顔見りゃわかる」

　徳兵衛はあまり無事ではなさそうだった。両目に涙を溜めながら、手ぬぐいを外して風上の新鮮な空気を貪《むさぼ》っている。

　コンテナの扉は数十センチほど開いただけだ。真っ暗で内部が全く見えないので、近付いて確かめなければならないことは恵平にもわかっていた。けれども警察官見習いとして丸の内西署に配属されてから遭遇してきた事件のことが次々と頭に浮かんで、なかなか覚悟が出来ずにいた。この状態を、きっと『ビビっている』と呼ぶのだ。気負いはあるのに身体が拒否して動かない。全身が石になったようだった。

平野は深呼吸を繰り返してから、

「警察に電話してくれ」

　と、恵平に言った。

「オッサンが善意の通報者だ。１１０番にかければ通信指令課につながる」

「かけて、なんて言うんです？」

「今からそれを確かめる。電話してくれれば、あとは代わって俺が伝える」

「いやいや兄ちゃん、全部俺が話すよ。せっかくだから」

　青白い顔で徳兵衛が言うので、

「そんなの無理だよ、徳兵衛さん」

　と、恵平も言った。

「ナントカタケを採りに来たら、怪しいコンテナを見つけたと通報して。そしたら私か平野先輩が電話を代わるから。徳兵衛さんが電話してくれたら、私たちが違法捜査でここへ来たわけじゃないと言い訳できる。現場を知ってる警察官で、臭いに気付かない人はいないから、徳兵衛さんがコンテナを見つけて、私たちが開けるのよ」

「だからオッサン、俺たちが戻ってくるまでここを動くなよ？　絶対だぞ？」

「わかった、わかった」

徳兵衛は二度も三度も頷《うなず》いた。

恵平はその場でタタタと足踏みすると、草を千切ってクシャクシャ揉《も》んで、汁をハンカチに塗りつけた。徳兵衛が手ぬぐいでしていたように、畳んで顔の下半分を覆う。検視官は鼻の下にメンタムを塗るけれど、それの代わりだ。

「効くか？　それ」

平野が訊くので、

「何もないよりは」

と答えた。平野も草を千切るとハンカチに包んで絞り、それで再び鼻を覆った。

「かぶれるとか、ないよな」

「臭いでかぶれるほうが怖いです」

恵平がモゴモゴ言うと、平野は再度徳兵衛を振り返り、

「動くなよ？　通報はオッサンにしてもらうから」

そう言ってから頷いた。

「ありがとオッサン」

風はころころと方向を変え、屍臭《ししゅう》は臭ったり、臭わなかったりした。やや鼻が慣れたのか、森の空気が悪臭を中和したのか、恵平と平野はあまり噎《む》せることなくコンテ

ナまで近付いて、観音開きの扉の左右に取り付いた。すでにロックは外れているので、指紋をつけないように袖口で手先を覆ってロックシャフトを握る。

平野の合図で左右に開くと、扉は茂った草をなぎ倒しながら半回転して、コンテナ内部に光が入った。

遠くからこちらを見ていた徳兵衛が、草むらに腰を抜かすのが見えた。

恵平は扉の裏から正面に戻り、自身も腰を抜かしそうになった。コンテナ内部の異様な有り様に衝撃を受けたからだった。平野が脇に寄り添ってきて、恵平が倒れないよう腕を掴んだ。いま見ているものがなんなのか、思考がグルグルと頭を回り、何の言葉も出てこなかった。とんでもなくおぞましいことが、この場所で行われていたのは間違いない。恐怖、怒り、おぞましさ、絶望と、被害者の叫び。ショックが感情を上回り、恵平と平野は無言のままで立ち尽くす。

コンテナ内部は映画セットのようだった。

死者の身体で不敬な実験を繰り返したフランケンシュタイン博士。人の心臓を悪魔に捧《ささ》げた黒魔術。サディストの道具部屋。魔女狩りに使われた拷問道具。

目にしたものを何かに譬《たと》えようとして、恵平は、そんなことばかりが頭に浮かんだ。

残虐行為のために集められたと思《おぼ》しきあらゆる道具が、壁の両側に作り付けた棚にずらりと並び、それを使用した形跡はコンテナ内部の至るところに残されていた。点滴スタンドに医療用ベッド、タールのように床に溜《た》まった血液の跡。

脳天から血の気が引いて気が遠くなり、恵平はグラリと揺れた。平野は両腕で恵平を抱え、「大丈夫か」と、静かに訊いた。

大丈夫なわけがない。医療用ベッドの上にはまだ人体が載っている。激しく腐乱しているが、人体であるのは間違いない。それがかつては人であり、おそらく女性で、失踪《しっそう》者の一人だったと考えるだけで……恵平は平野の腕を逃れて草むらに伏し、ハンカチをむしりとってその場で吐いた。ああ、ダミさん、ごめん。ホントにごめん。そんなことばかり考えたのは、現実逃避をしたいからだ。痙攣《けいれん》したように胃が暴れ、二度、三度と吐き続けていると、遠くから徳兵衛の声がした。

「大丈夫だ、ケッペーちゃん！　ここに俺がついてるぞ！」

涙目で振り向くと、徳兵衛がお茶のペットボトルを振り回していて、少し笑えた。

そうだ。私は警察官だ。私は警察官なんだ。

恵平は地面にツバを吐いて立ち上がり、もう一度ハンカチで口を覆った。

さっきと同じ場所に立ったまま、平野がこちらをじっと見ている。

恵平が頷くと、平野も凛々《りり》しい仕草で頷いた。警察を呼ぼう。これは事件だ。

随所から湧き上がってくる蝉の声。絡み合った雑草と、鬱蒼《うっそう》と茂る森。こんな場所に連れてこられて、被害者は、どんな目に遭わされたのか。

ようやく少し冷静になると、次に湧いて来たのは凄まじい怒りだ。腐乱死体はもはや痛ましく哀れな被害者の姿でしかない。恵平は、ブルンと頭を振ってそれを見た。同じ思いでいなければ、どうしてそれを見つめられるか。平野は内部をつぶさに眺め、そして恵平にこう言った。

「あれを見ろ。右側の棚の一番上だ」

恵平は「あっ」と息を呑《の》む。

拷問道具とは別に、透明で平らな瓶を並べた棚がある。

ガラスの蓋《ふた》付きキャニスターだ。首を伸ばして数えてみると、九個ある。すべてに金色の糸らしきものが詰め込んである。

現場を荒らさないよう中へは入らず、恵平と平野はコンテナのギリギリまで近付いて、一番手前のキャニスターを見上げた。近づきすぎると全容は見えなくなるが、手前のひとつは中身がわかる。

キャニスターに入っているのは血でベタ付いた金髪と、Kポップグループのロゴデザインを象《かたど》ったピアスであった。

徳兵衛の１１０番通報で、栃木県警那須塩原警察署から警察官が駆けつけると、情報はすぐさま本部に届き、栃木県警から捜査員らが駆けつけて来た。

恵平と平野は身分を明かし、丸の内西署が握っている情報に関しては班長の指示を仰いでから栃木県警と共有することにした。

現場で聴取をするあいだ、恵平は徳兵衛と一緒に道端に座って、高原の爽《さわ》やかな空気を吸いながらメリーさんの話をした。徳兵衛によれば、メリーさんは少し前から体調が悪くて医者通いをしていたらしい。

「メリーの婆さんが家に帰ってもよ、俺や他の者《もん》らがいるからよ」

徳兵衛にそう言われて、恵平はむず痒《がゆ》いような気持ちになった。彼を案じていたのは自分のほうだと思っていたのに、徳兵衛もまた自分のことを案じていたとは。

現場から離れると、高原の空気はきららかで甘かった。太陽は徐々に傾いて、ヒグラシの声が遠くで聞こえた。夏が終わって秋が来る。山々はそれを知っているのだ。

恵平たちがようやく現場を離れたのは午後四時過ぎで、予定よりも大分遅い帰宅になった。日本橋で徳兵衛を下ろし、ガソリンを入れたスタンドで車用の消臭スプレーを買って車内に噴射し、レンタカー会社に車を返すまで、恵平は平野に付き合った。

一緒にレンタカー会社を出たときに、平野はふいに、

「ヤベえ」

と、言った。

「どうしたんですか？」

彼は足を止めもせず、

「ピーチにお土産買って来いって脅されてたんだよ」

「あ……それ、マズいですね」

と、恵平も言った。

「駅ナカでお土産探してみますか？」

平野は厭《いや》そうな顔で振り向くと、自分の腕を鼻にあて、服の臭いを嗅《か》ぐ仕草をした。

「まさかと思うけど、俺たちも臭くなってる可能性がある。ああいう場所だからまだ助かったけど、屋内だったらアウトだぞ」

恵平も自分の臭いを嗅いでみたけれど、もはや鼻がバカになってしまっていてわからなかった。

「そうですね。ちょっと……あまり……人に近寄らない方がいいですよね」

そもそもお土産を買うような展開ではなかったのだ。

コンテナの一件では栃木県警に捜査本部が立つし、そうなればトップから各所轄に入電があって、丸の内西署や新宿署や、岡山県警とも連携が取られるはずだ。亡くなっていたのが誰なのか、失踪者と照合されて身元も判明するだろう。明日になれば報道だってされるはず。

「あれはどういうことだったんでしょう」

恵平はまだ信じられずにいた。

コンテナ内部の異様な光景が、次から次へと脳裏を過《よ》ぎる。

栃木県警から鑑識が来て内部の検視を始めたところ、腐乱遺体は金髪だった。正確には、金髪のウィッグを被《かぶ》せられた黒髪の人間だった。

腐敗が進んで死因は不明。けれども切り裂かれて身体にまつわりついていた衣服から、若い女性であることはわかった。キャニスターに詰められていたのは髪で、自毛もあれば、ビニール製のものもあった。死体がウィッグを着けていたことから、犯人は金髪の女性を狙ったか、狙った人物が金髪でなかった場合はウィッグを着けて犯行に及んだと思われる。

鑑識が入ると、現場の凄《すさ》まじさは目で見た以上のものだった。

キャニスターの金髪は、それぞれが戦利品と共に保存されていた。そのひとつに十字架のネックレスを見たときに、恵平も平野も、浦野が送って来たコピーに写真があったマルシアという女性を思い出さずにいられなかった。そして彼女が妹に託し、結果として捜査に結びつくことがなかった煙草の吸い殻を思い出した。助かるチャンスは一度だけあった。浦野が東京駅で彼女の不法滞在に気がついたとき。そのとき彼女が補導され、然《しか》るべき処分を受けていたなら、少なくとも今は本国で生き続けていたはずなのだ。そして、もしも彼女たちの失踪事件を警察が捜査していたのなら、大久保の街娼《がいしょう》たちが命を落とすこともなかった。ただし浦野が独自捜査をしていなかったら、このおぞましい場所が見つかることもなかった。

その場合、被害者はもっと増えていたのだろうか。

いや、それはない。犯人は死んだのだから。

煙草の吸い殻を残した斡旋《あっせん》者は、死んだ高橋祐介だ。証拠も揃っていないのに、恵平はそう感じた。おそらくは平野も、だ。

「高橋祐介はどうして自殺したんでしょうか。浦野さんが捜査していたとしても、ですよ？　彼が自殺をしなければ、私たちがあそこへ行くこともなかったのに」

恵平は鬱蒼とした森を思い出していた。あの広大な土地のどこかに、ほかの被害者たちが眠っているのだ。栃木県警は総動員で、九つのキャニスターに戦利品を残した被害者たちを捜すだろう。

「そこな。ただそれは……いや、捜査の建て前なんかどうでもいい。柏村さんに叱られても、間違いなくあいつが犯人だ」

「私もそう思います。でも、どうして自殺したのか不思議なんです」

平野は足を止め、親指と人差し指で自分の顎《あご》をさすった。

「浦野さんの執念がヤツを追い詰めた？」

「それは違うと思います。浦野さんの捜査はＤＮＡ鑑定で止まっているので、本人が危機感を覚えるはずないし、現場の様子からしてそんなタイプと思えない」

「だよな。それに、俺はもうひとつ不思議に思ったことがある」

「なんですか？」

と、恵平が訊くと、平野は彼女を見下ろして、

「どうして最後の遺体だけ、放りっぱなしにしてたのか」

恵平は、刑事ってすごいなと改めて思った。

あの惨状を目にしたら、自分は何も考えられなくなった。ショックから覚めることができただけでも自分を褒めてやりたかったし、キャニスター詰めの戦利品と失踪《しっそう》女

性の持ち物を結びつけられただけで、すごい発見をしたと思った。遺体がどうしてそのままかなんて、疑問にすら思わなかった。

「最後の被害者だけ、なぜ埋めなかった？　コンテナ内部の惨状を見たろ？　道具は棚にあったけど、あれは内部が狭いから棚に置いていただけで、几帳面《きちょうめん》でしたことじゃない。被害者に使った点滴は腕に刺さったままだったし、言い方は悪いが、ガキがオモチャを散らかし放題にした部屋って感じだったよな」

「確かにそうですね」

　思い出して、また吐きそうになりながら恵平も言う。

「他の被害者を思わせるものは棚のキャニスターだけでした。それだって汚れていたし、内部は掃除した形跡もナシ。残留物はあるのに、他の被害者の毛髪や服はない。血は流しっぱなしで、凶器を洗った形跡もなく……でも一輪車はきれいでした」

　ガキがオモチャを散らかし放題にした部屋、と、平野の言葉が脳裏を過ぎる。

「お母さんが片付けてくれなかった……みたいな」

　恵平が呟《つぶや》いたとき、メッセージ着信の合図を感じた。

　平野にも来たらしく、二人同時にスマホを覗《のぞ》く。

「あ。ピーチ先輩だ」

「俺にも来た」

それぞれ画面を確認すると、同じメッセージが送られていた。

――お疲れ　大活躍だったと班長に聞いたよ
こっちも進展あり　岡山の吸い殻のＤＮＡが高橋祐介と一致した　あと、壊れたスマホのデータが一部だけ復元できた――

恵平と平野は顔を見合わせ、平野が桃田に電話をかけた。三人で会話ができるよう、スピーカーに設定する。

「俺だ。平野だ」

――あれ？　もう帰ってきたの？　今どこ――

平野は顔を上げて回りを見てから、

「八重洲二丁目。車を返してきたところだ」

――まさか死体を見つけるとはね。持ってる堀北と一緒だったんだから驚かないけど。ああ、そういえば堀北宛に手紙が来てたよ。署のほうへ――

「誰からですか？」

恵平が聞くと、桃田が答えた。

――柏村巡査の息子さん。堀北が偉いのは有言実行のとこだよね――

「うら交番を調べたら進捗《しんちょく》状況を報告すると約束したので、あれから私、肇さんと手紙のやりとりしてるんです」

恵平は平野に報告した。頷《うなず》いて、平野は言う。

「それはともかく、スマホデータが復元できたって？」

――うん。近くにいるなら署に来たら？　もう帰ろうと思っていたけど、平野たちが来るなら待っててもいいよ――

恵平は平野に頷いて、平野の代わりに謝った。

「あの、すみませんけど、色々あって、お土産買う時間がありませんでした」

――え～マジか、『ぼくポチ』ないの？――

桃田がそう言ったので、恵平は心底あきれて、

「お土産、指定されていたんですね」

と、平野に同情の目を向けた。

丸の内西署へ戻って鑑識の部屋へ行くと、私服に着替えた桃田が待っていた。彼はわずかに眉《まゆ》をひそめて、

「けっこう死体に近付いた？」

　と、手の甲で鼻を塞《ふさ》ぎながら二人に訊《き》いた。

「やっぱ臭うか？」

「まあ、そこそこね」

　と言いながら少しだけ後ろへ下がったので、あのままどこかをふらつかないでよかったと恵平は思った。

　桃田はすぐにパソコンを立ち上げ、復元データを検索し始めた。

「ああいう現場は何度遭遇しても慣れないよね。でも、平野たちに見つけてもらえて、被害者はよかったよ」

　それからデスクの封筒を取り、端っこをつまんだうえ、腕を伸ばして恵平に渡した。

　恵平はすぐにシャワーを浴びたくなった。

　手紙の封を切るよりも、先《ま》ずは桃田の話を聞く。

「現場の様子は班長から聞いた。ご遺体はひとつで、でも、内部の血痕《けっこん》には複数の被害者のＤＮＡが残っているみたいだね」

　桃田はデータを呼び出している。

「胸くそ悪いことに、棚に戦利品が飾ってあった。揃いのキャニスターに入れて飾っていたんだ。中身はアクセサリーと毛髪で、すべて金髪。金髪じゃない被害者はウィッグを被せて殺したようだ。その手で戦利品をキャニスターに入れたらしく、蓋《ふた》もガラス瓶も汚れていたから、調べれば犯人の指紋と被害者のＤＮＡが出るだろう」

「被害者の血液が付着したままってこと？」

桃田の瞳《ひとみ》に光が宿る。彼は鑑識官だから、証拠を集められる確信があるのだ。

「毛髪も血だらけだったしな。比べるものさえあれば、被害者を特定できる」

「アクセサリーも入っていたので、浦野さんのデータと照らせば早いと思います」

「班長は栃木県警に浦野さんを紹介すると言ってたよ。もともと彼は後方支援の部署にいるわけだし……そう考えると、よかったよね」

「コンテナの中に、真新しいキャニスターがケース買いしてあったんですよ。それを知ったときにはゾーッとしました。しかも高級品なんですよ、キャニスター」

「ゾーッとするよね」

桃田は同情するように言った。

「わからんのは、ヤツがどうして自殺したかだ。キャニスターを買ってあったのに」

平野は意地悪な言い方をする。

「自殺の理由、所持していた現金の謎、父親の手際のよさに過去と現在の女性失踪事件をつなぐ線……謎ばっかりの事件だけど……はい。これ」
キーを叩《たた》いてリターンを押すと、桃田はモニターをこちらへ向けた。
拡大画面に現れたのは、SNSを使ったメッセージのやりとりだった。
スマホの持ち主高橋から、一方的に送られている。

8月13日（木曜日）15：56
いいかげんにしろ。返信は？

8月13日（木曜日）15：59
不満なのかよ　いくらならいいんだ

8月13日（木曜日）16：00
ふざけんなよ。おい。返事をよこせ

8月13日（木曜日）16：02
お得意様を怒らせるのか

8月13日（木曜日）16：03

ウソだろ　たのむよ　なあ　たのむ　おい

「なんだこりゃ」

と、平野が言った。

「こんなのがずっと続くんだ。全部は追えなかったけど、徐々にひどくなっていく。そしてここ」

桃田は画面をスクロールしていく。彼の言葉通りに一方的な送信が続いている。高橋の焦りが手に取るように伝わってくる。

「相手は誰だ？」

平野が訊くと、

「ターンボックス」

と、桃田は答え、「たぶん」と付け足した。

「ほら、覚えてない？　前に中坊のフリしてターンボックスと接触したとき、サイトに色々なハコがあったよね。『相談室』、『アクセス』、『未成年』、そして『上様』

「覚えています。『相談室』が入口で、『アクセス』と『未成年』が受付で、『上様』は上得意というか『その筋』専門の窓口じゃないかと平野先輩が……」

　そして恵平は「……え」と、唸《うな》った。平野も興奮した声で言う。

「冗談じゃなく、マジそれだってか？　高橋祐介の送信先が『上様』で、本当にその筋というか、犯罪抹消依頼のお得意……さ……ま」

　平野は吐きそうになって顔を逸《そ》らした。

「ぼくはそう思うんだ。高橋の父親が買った山林にあった点はコンテナだ。今日の話を聞くまでは、ぼくもこのやりとりがどんな意味を持つのかわからなかった。けど、もしも高橋祐介がターンボックスの上得意で、二百万円が『なかったことにする』ための報酬だったら、自殺の背景が見えてくるよね」

　恵平は平野の顔を仰ぎ見た。

「ターンボックスが『お母さん』だったんですね」

「なに？　お母さんって」

　と、桃田が訊いた。

「コンテナの様子がなんだか変で、オモチャを散らかし放題にした子供みたいって平野先輩が言ったんです。最後の被害者だけご遺体がそのままだったのも変だったし……それを聞いて私が思ったのは、片付けをしてくれる『お母さん』が、急にいなくなったみたいだなって」

「『お母さん』役が『ターンボックス』か――」

平野は髪を掻《か》き上げた。

「――だからあんなにずさんな状態でも、戦利品以外の遺留品はなかったってことか。そうなると、遺体はあそこに埋まってないのかもしれないな……なるほど、それなら納得できるぞ。コンテナ内部の汚さも、道具の扱いの粗雑さも、なにもかもやりっぱなしで下請けに出す……楽しむだけ楽しんで、後始末は誰かに頼む。確かにあれはそういう感じがありありだった……そうか。だからあいつは東京に出てきたのか」

「平野は何を言ってるの？」

「八年前の失踪《しっそう》事件だ。浦野さんが言ってたろ。斡旋者は一度だけ老人を連れてスナックへ来た。その老人は極度に神経質なA型の男だ。高橋は打ち合わせするためにそいつと会っていたんじゃないのか？」

「あ！」

と、恵平も手を打った。

「それが『ターンボックス』ですね。高橋は老人に外国人女性の処理を頼んだ。もしくは報酬の受け渡しをした」

「なるほど。その金は父親が出していたのかな。ぼくはそう考える。代議士を辞めたのも同じころだし……息子の犯罪を知って、スキャンダルになる前に政界から逃げたとは考えられない？」

「ピーチ先輩の考えは納得できます。いえ、お父さんが息子の犯罪を疑っていたというところですけど。昭和に起きたバラバラ事件でも、ご両親は息子の異常行動に気がついていたそうです。高橋にもそういう部分があったのかも……父親は、ほとぼりが冷めるまで高橋を東京に出したのかもしれませんね」

「即座に事務所を解約したのも、証拠が出るとマズいからかもしれないぞ。父親は息子が自殺した理由に心当たりがあったんだ」

「ってことはあれ？　父親もターンボックスを知っていたってことになるよね」

「気持ち悪い。まさか親子二代でお得意様なんてことが……」

恵平は自分の言葉にゾッとした。

――誰もなんにも教えなくても……子供は、知らず知らず親の生き様をトレースするのさ――

実家の父の言葉を思った。親を尊敬すればこそ、と、父は言った。よい意味で『トレースする』と言ったのだ。だけど、この場合はそうじゃない。初めは息子の異常行動を案じていた親が、ついに殺人を犯した息子のためにターンボックスを利用したということか。そうすれば絶対に証拠は出ない。やがて息子は直接依頼をするようになり、親から金を引き出して、犯罪を繰り返す。

柏村の時代の事件と同じだ。親はあれこれと手を尽くしたけれど、息子を救うことはできなかった。そればかりか無辜《むこ》の被害者を生んでしまった。今回の捜査は始まったばかりだけれど、調べていけばきっと高橋祐介の異常性が浮かび上がってくる。

今日の惨状が思い出されて、胃袋が裏返るような気がした。沸々と湧いてくるのは事件への怒りと、顧みられなかった被害者への思いだ。

父親は息子を庇《かば》ったか。違う。父親は自分自身を庇っていたのだ。

「高橋祐介は、ターンボックスが手を引いたから自殺したんですね。絶望して、自暴自棄になって、ホテルで大暴れして、お酒を飲んで、身を投げた」

怒りで全身が震え出す。全身の骨が折れる無残な死にざまも、当然の報いだと思えてくる。鼻息荒く恵平が言うと、平野も桃田も頷《うなず》いた。

「それで一本につながるな。八年前に遡《さかのぼ》って父親の銀行口座を調べれば、外国人女性が失踪した頃に大金が引き出されているんじゃないか？」

「息子に送金もしていたはずだよ。高橋祐介の口座も、金の動きを調べて大久保の女性失踪事件と照らし合わせてみればいい。でも、残念ながらターンボックスまでは追えないだろうね。高橋は二百万円を現金で持っていたわけだから」

「防犯カメラを調べたらどうですか？　現金だったら受け渡しをしているはずじゃないですか」

「今さら無理だよ」

　と、残念そうに桃田は言った。

「それに、直接は接触してない可能性もある。貸金庫のキーを共有するとか、やり方は色々あると思うんだ。高橋は二百万円を所持していたから、最後の取引は不成立だったわけだしね、ネットの痕跡《こんせき》も消えている」

「だが、こっちには老人のＤＮＡがある。敵もまさか、俺たちがＤＮＡを握っているとは思わないだろ」

「平野は少し頭を冷やせ。気持ちはわかるけど、今のところはＤＮＡに証拠としての価値はない」

　桃田は平野にピシッと言った。

「連続殺人魔高橋祐介と、彼の被害者、あと老人には面識があったとわかっただけだ。

で、その老人がマイクロバイオームにもいた。今はまだそれだけじゃないか」

「チッ」

と、平野は舌打ちをした。

「でも、ターンボックスはどうして突然手を引いたんでしょうか。高橋との関係は、少なくとも八年前……もしかしたら父親の代から『上様』だったのかもしれないんですよね」

「父親の身辺を調べたら、身元不明の失踪者が出るんじゃねえのか。それが金髪の女性だったら……」

「やだなあ……それはホラーじゃないか」

「いや、案外的を射ている気がする。『匣』を開けたら凶悪犯罪がザクザクと」

桃田は横目で平野を睨《にら》み、

「屍臭《ししゅう》まき散らしながら怖いことを言うんじゃないよ」

と吐き捨てた。平野はまたも自分の服の臭いを嗅《か》いだ。

「長く蜜月《みつげつ》関係だったのに、どうしてターンボックスは今回の仕事を断ったんでしょうか」

もう一度恵平が訊《き》くと、

「ぼくたちのせいかもね」

と、桃田が言った。

「ぼくらが調べていることに、気がついたんじゃないのかな」

「それで警戒したって言うんですか？　でも、どうして」

「徳兵衛のオッサンの事件あたりか。それとも女子中学生の……いや……俺たちが調べ始めたのはここ最近だ。相手が何か気付くとすれば、浦野さんじゃないのかな」

「ああ、そうかも。ところで、これからどうするよ？」

「どうするったって、栃木県警や班長たちが動き始めたのに、俺たちが勝手にどうこうできないだろう」

「それはそうだけど、なにかやりようがあるんじゃないかな」

「ピーチはいいよ？　鑑識だから。だけど俺は刑事だぞ。勝手に動けるわけがない」

二人が喧々囂々《けんけんごうごう》と意見を交わし始めたので、恵平は、ずっと手に持っていた柏村肇の手紙を開いて読み始めた。

　肇の手紙は実直そうな達筆で、いつも時候の挨拶《あいさつ》から始まる。

　彼は高齢者用の福祉施設で暮らしているが、施設の庭に咲く花や、お元気ですかの言葉のあとに、恵平が聞きたかったことが書かれていた。

失踪《しつそう》したという柏村の養子のことだ。

――さて。和則義兄《にい》さんのことについて、記憶にある範囲でお答えします。

堀北さんがお聞きになったとおり、義兄の母親は父の署で摘発を受けた女性でしたが、勾留《こうりゆう》中に病で亡くなったと聞いています。私とは年が離れていましたが兄弟仲はよかったです。母親も他の姉弟《きようだい》と同じように接していたし、うちの親戚《しんせき》も事情をよく理解して、よそ者扱いするようなことはありませんでした。

ただ、義兄のほうには思うところがあったのか、十五で家を出て、働きながら学校へ通っていました。

その義兄がいなくなったと勤め先から電報が来たのが、家を出た年の冬だったと思います。正月にこちらへ戻って来る前で、もらったばかりの給金も消えていました。

義兄が働いていたのは町工場で、工場の裏にある共同アパートにほかの工員たちと住んでいました。仕事に出て来ないので見に行ったら、本人だけが消えていたというのです。当時私は子供で、詳しい話は知りませんでしたが、後になって父から聞いたのは、部屋に血痕《けつこん》と折れた歯が残されていて、どちらも義兄のものだったそうです。

結局、義兄はそのまま帰ってきませんで、父はずっと行方を捜していました。

若い頃の義兄の写真は仏壇にありますが、位牌《いはい》も墓もないままで、堀北さんから久方ぶりに義兄の話を問われたときには、俺のことも忘れないでくれよと言われた思いがいたしました。私が知るのはこんなところです。

お忙しいでしょうに、老人の戯《ざ》れ言にお付き合い頂き感謝しています。

残暑厳しきおり、皆様方のご無事安息をお祈りいたしております。柏村肇——

手紙を読み終えたとき、平野と桃田はまだターンボックスの話をしていた。

毛髪と爪の持ち主が、どうターンボックスと関わってきたかということをである。

恵平は柏村肇の手紙を桃田に渡してこう言った。

「毛髪と爪が誰のものかは、ここで憶測を話しているより柏村さんに訊きましょう。それが一番早いです」

二人はポカンと恵平を見つめ、

「お、おう」

と、平野が言った。その横で、桃田は手紙を読みながら、

「うら交番へ行くなら、ついでに訊いてきたらどう？　柏村巡査が救いたいのは誰なのかって。これはぼくの主観だけれど、この、いなくなった息子さんの件から、柏村巡査はターンボックスを追い始めたんじゃないのかな」

そして手紙を平野に渡した。

「……そうだな。それが一番早い」

平野も口の中でブツブツ言って、

「はあーっ」

と、大きなため息を漏らした。

「ついにうら交番もデフォになってきたな」

そして恵平に手紙を返して、「行くか」と言った。

行きたいと望んだからといって行けるとは限らない。うら交番はそんな場所のはずだったのに、恵平も、桃田も、平野と同じく『行ける』と信じる根拠があった。

謎は解かれる時を待っているのだ。そして、今がその時だ。

恵平と平野は桃田を残して、うら交番へつながる古い地下道の入口へ向かった。

第五章　東京駅うら交番

——新国際ビル、新東京ビル、新有楽町ビル……父が死んだ崩落現場は、たぶんそのあたりの地下ですよ——

それは、以前に柏村肇から聞いた話だ。

東京駅うら交番へつながる地下道は、まさしくそのあたりにコッソリと口を開けている。いつの時代の忘れ物かと思うような傷み具合で、天井は低く、階段のコンクリートは染み出た地下水で変色して盛り上がっている。天井を支える鉄のアームは錆《さ》び付いて、照明機具は蛍光管の両端が黒ずんでいる。

東京の新陳代謝は止むことがなく、今日もどこかが工事をしていて、どこかで古い施設が消えて、どこかに新しい施設ができる。

恵平と平野が地下道入口へ来てみると、今まではなかったものがそこにあった。工事予定を記した掲示板だ。この地下道は改修工事のために間もなく通行できなくなると書いてある。最寄りの地下道入口へ迂回《うかい》するか、地上を通って駅へ行けというのだ。話には聞いていたけれど、恵平は心臓がきゅっと縮んだ。

「タイムリミットを突きつけられたな」

　看板を見て平野が言う。

　見上げれば明滅する照明に蜘蛛《くも》の巣が張り付いて、不気味な光がヒビの入ったコンクリートの階段を照らしている。明かりがあるから余計に暗く感じるというような、時代がかった照明だ。階段下に狭い通路が延びていて、薄暗い照明と足元灯が点《つ》いている。いつ来ても人影はなく、地下道がカーブの先へと続いていく。

　平野はまたもため息を吐き、首を捻《ひね》ってコキコキ鳴らすと、恵平より先に入口に立って「行くぞ」と言った。「はい」と恵平も答えて続く。この地下道のどこから先が昭和で、どこまでが令和なのか、わからない。おそらく地下道は昭和の頃から同じ姿でここにあり、どこかで時空が歪《ゆが》んでいるのだ。アールになった天井に平野と恵平の足音が響く。飾り気のない壁は地下水で錆《さび》色になっていて、いつも小便の臭いがする。ジジ……ジジジジ……時折照明が小さく唸《うな》り、地上の明るさを忘れていく。

「ちょっといいですか？」

　恵平は平野に訊いた。

「なに？」

「柏村さんが救いたい人ですけど、義理の息子さんじゃないのかもと思って」

「あ？」

前方で平野が振り向く。

長いコンパスでガシガシ歩く平野を追いかけ、隣に並んでから恵平は言う。

「過去と現在をつなぐ線がターンボックスだとするならば、柏村さんが救いたいのは未来の私たちなんじゃないかと思うんです。特定の誰かでなく、ターンボックスによって犯罪に巻き込まれる民間人です。失踪した女性たちみたいな」

「今回ターンボックスは犯人じゃないぞ」

「そうですけど、高橋は、なかったことにできるから犯罪を止めなかったんですよね？　八年前の最初のときに、もしも『匣』と結びつかなかったら、犯行が露呈して次の被害者は出なかったかもしれません。柏村さんが昭和の時代に『匣』という組織を追っていて、尻尾《しっぽ》を摑《つか》んでいたとしたらどうでしょう。それを私たちに伝える前に殉職してしまったとしたら」

足を止めて、またも自分の服を嗅《か》ぎ、平野は、

「ヤバイ状態だよな、俺ら」

と、呟《つぶや》いた。

「こんな臭いで交番行って、ケッペーの祖父《じい》ちゃんと会ったらさ、俺らのことを記事にするかな」

恵平も自分の臭いを嗅いでみた。

自分がどれほど臭いか、当事者になったらわからない。けれど署内で現場から戻った捜査員とすれ違ったり、ハッチもドアも開けっぱなしにした車があると、（ああ、あの臭いを飛ばしているのだな）と思う。それは昭和のドブ臭さとは異質なものだ。

「このまま行くのは失礼でしょうか」

しおらしく呟くと、平野は言った。

「いや、行こう。時間もないし、もしもケッペーの言う通りなら、ターンボックスを挙げることは、昭和から続く警察官の悲願ってことになる。上等じゃんか」

そして、「よい子は真似しないでね」と言いながら、ガソリンスタンドで買った車用消臭スプレーを、自分と恵平に噴射した。効果のほどはわからないけど、再び歩き始めた平野の足が、やがて煙草の吸い殻を踏みつけた。コンクリートの床には吐き捨てられたチューインガムも落ちている。潰《つぶ》れたジュースの紙コップ、舟のかたちに折り畳まれたアイスクリームカップのゴミも。恵平は心臓がドキドキしてきた。知りたかったはずなのに、核心に近付くほど心臓が躍り出す。

それは求めた答えと同じだろうか。それを知ったらどうなるのだろう。

恵平は柏村に、自分たちが二十一世紀の警察官だと打ち明けた。昭和時代には暴けなかった犯罪を暴く力があると。でも、もしも、うら交番の期待に応《こた》えられなかったらどうだろう。掘り下げるだけ掘り下げて、尻尾を巻いて逃げるのはイヤだ。自分は柏村さんに責任がある。平野先輩にも責任がある。平野先輩にうら交番のことを話して、死のジンクスに巻き込んでしまったのは自分だから。

前方に、地上へ続く階段が見えた。うら交番へ行き着けるときは空気が違うのですぐわかる。二十一世紀の東京と違って、昭和は鉄や板塀、ドブなどの生活臭が漂っている。そして風の匂いを直《じか》に感じる。昭和の風は、仰ぎ見るほど育ったヒマラヤスギや、その上で瞬く星の匂いだ。ふるさとで恵平が胸一杯に吸い込んできた匂い、たくましく生きる人間たちの匂いがする。

二人は一緒に階段を上った。

一段ごとに蛍光管の明かりが近付く。昭和の風が吹き下りてくる。

「出たぞ」

という平野の声を聞くまでもなく、恵平は柏村の時代に着いたと思った。

こちらも夜で、頭上に星が瞬いていた。

地下道出口は歩道にあって、そこだけ道が狭くなっている。歩道の脇には車道が通り、その向こうに古くて小さな交番がある。地面から腰の高さまでが石造り、それより上は煉瓦《れんが》ふうのタイルが貼られ、木枠の細長い窓がある。入口上部にアーチ型の庇《ひさし》があって、丸くて赤い電球がひとつ灯《とも》っている。屋根は銅葺《どうぶ》き、交番の名前は彫金だが、緑青が吹いていて読めない。

交番は高架下にめり込むように立ち、前面が空き地と車道に向いており、脇は高架下の通路である。通路を挟んでラジオ店があるが、入口もカーテンも閉まっている。高架下の通路は奥へと続き、扉や窓が並んで見える。

雨が降った後なのか、濡《ぬ》れた地面に街灯の光が照り返し、湿った風が吹いてきた。交番の扉は閉まっているが、中から明かりが漏れている。

いったい何時頃だろう。なにも考えずにスマホを出して、電波が来ていないことを思い出す。今までも何度か夜間に来たが、こんなに静かだったことはない。

平野が歩道を下りたので、恵平は背中に訊《き》いた。

「真夜中で、仮眠中でしょうか」

「かもな」

低い声でそれだけ言うと、平野は交番の前に立つ。

ここをノックして、出てくるのが柏村とは限らない。前にも柏村が留守だったことがあるし、もしも知らない警察官と出会ったら、なんて話せばいいのだろう。恵平が考えているうちに、平野はかまわずノックした。

「こんばんはー」

そう言って勝手にドアを引く。

狭い執務室には天井の明かりだけが灯っていて、警察官の姿はなかった。

「ごめんくださーい。柏村巡査はおられますか」

平野が中へ入って行くので、恵平も続いて一緒に入った。

「こんばんは」

もう一度呼んだとき、

「ああ。ちょっと待ってくれ」

奥の宿直室から声がした。柏村巡査の声だった。

(先輩は大胆すぎですよ。他の警察官だったらどうするつもりだったんですか)

声をひそめて恵平が訊くと、平野はすまして、

「それはない」

と言った。

（なんでわかるんですか）

「なんでかな……とにかく俺にはわかったんだよ」

靴を履く音がして、ズボンのベルトを締めながら、柏村がやってきた。そのときになって時計を見ると、交番の掛け時計は午前二時十七分を指していた。

恵平は素早く壁の日めくりカレンダーも見た。

うら交番の『現在』は、昭和三十五年六月十七日（仏滅）だ。朝に一枚めくるとして、柏村が殉職する日まで二ヶ月を切っている。

眠そうに目をショボショボさせている柏村に、

「お休みのところを申し訳ありません」

と、平野は言った。恵平も一緒に頭を下げると、柏村は驚愕《きょうがく》の表情をしてから、

「……きみたちか」

幽霊でも見たような声で呟いた。

後ろを見て、脇を見て、もう一度平野と恵平を見てから、柏村は執務室のほうへ出てきた。軽装で仮眠を取っていたのだろう、シャツの襟が開いたままだ。執務室に置かれたちぐはぐな椅子に座れと手で示してから、狭いシンクで顔を洗った。

「突然すみません」

平野がもう一度言う。

やはり屍臭《ししゅう》が臭うのか、柏村はシンクの正面にある窓を開け、狭い交番内に空気を入れた。雨上がりの匂いが夜気と一緒に流れ込んでくる。

手ぬぐいで顔を拭《ふ》きながら、柏村はやって来てデスクに就いた。

「なにが『ない』のかね？」

と、訊く。答えたのは平野だった。

「ドアが閉まっていたので、柏村さんが当直されておられないかもと思ったんです」

「こっちの世界で知っているのは、柏村さんと堀北清司さんだけなので、ほかのお巡りさんがいたらどうしようと思って……」

「それなら私でよかったわけだ」

柏村は微《かす》かに笑い、そして、何事か決心してきたような恵平たちの顔を見た。こちらが話し出すのを待っている。平野は椅子から前のめりになると、

「どうしても伺いたいことがあって来ました。ここへつながっている地下道が、まもなく工事でなくなります。いえ、未来の俺たちの時間軸での話です――」

前に恵平がしたタイムスリップの話を信じてくれたか、そうではないのか、柏村は

黙っている。

「――時間はもう、ほとんどありません。だから直接伺いに来ました。柏村さんが残した毛髪と爪についてです。あれは誰のものですか？」

柏村はただ眉《まゆ》をひそめた。恵平が言う。

「交番日誌や捜査手帳と一緒に保管されていたものです。二十一世紀の刑事警察の技術を使って、特定して欲しいと思ったんですよね？」

柏村はキョトンとしている。恵平たちは顔を見合わせた。

「……ちがうんですか？」

恵平が訊くと、柏村はようやく片手を上げて、

「いや。待ってくれ。毛髪と爪？　なんのことかね？」

と、訊いてきた。

「ちょっと待て。この時点では毛髪も爪も採取してないってことか」

と、平野が言う。確かにそれはあり得る話だ。

「もしかして、事件はまだ起きてないんじゃ……」

「何の話か、わかるように説明してくれんかね」

すぐに答えが出ると思っていたのに。

平野も恵平も落胆し、前のめりになった身体を元に戻した。そして言う。

「すみません。早計でした。順を追ってお話しします」

平野は深く呼吸して、先を続けた。自分たちがなぜ昭和の時代に来てしまうのか、それを知る為に柏村肇と話をし、たったいま柏村のデスクに載っている日誌や、柏村が大切にしている捜査手帳などを預かった。その中に毛髪と爪があったという話だ。

柏村は複雑な表情で、

「きみたちの時代の肇は元気か」

と訊いた。柏村肇はこの時代ではまだ独身で、小さい事務所を手伝いながら法律の勉強をしているはずだ。

「私たちの時代では八十歳を超えていらっしゃいますが、お元気です。結婚されて、お子さんもお孫さんもいらして、幸せに暮らしておいでです」

「息子が私よりも年寄りとはね、実感がもてないな」

柏村は言い、薬指で眉のあたりを掻《か》いた。

「肇さんにお話を伺ったところ、柏村さんの仕事に関しては、よく知らないということでした。それで私たちは、柏村さんが何かの事件を追っていて、独自に握った捜査情報を未来に託そうとしたのではと考えたんです。柏村さんの正義感と執念が、二十一世紀の警察官をここへ呼ぶんじゃないのかと」

　恵平が言うと、柏村の表情が変化した。平野もそれを見逃さない。

「柏村さんには救いたい誰かがいるそうですね。それは誰ですか」

　単刀直入に平野が訊《き》くと、柏村は眉をひそめて平野を見つめた。

「私に救いたい者がいる？」

　恵平も言う。

「兎屋のお嫁さん、芽衣子さんに聞きました。柏村さんがそう言っていたって」

　チクタクチク……と、柱時計が時を刻む。

　窓から入る夜気が気持ちいい。

　柏村はデスクの縁を両手でつかみ、何事か考えてから目頭を揉《も》んだ。

「行方不明の息子さんの話も聞きました。養子に迎えた和則さんです。実は……私たちも二十一世紀で似たような事件を追っているんです。犯罪の痕跡《こんせき》を抹消してしまう」

　追いかけるように恵平が言い、平野も身を乗り出した。

「共通するのは死体が消えてしまうこと。自分たちは、この時代から続く組織が二十一世紀で死体抹消ビジネスを展開していると考えています」

　薄暗い照明が驚愕する柏村に当たって、彫りの深い顔に刻まれた皺《しわ》を黒々と映し出している。それでも彼は何も言わない。

「柏村さんの遺品から出たDNAが二十一世紀の犯罪現場でも確認されました。そこから人間の骨片が見つかっているんです。それで私が疑っているのは、私たちがこちらの世界へ来ているように、この時代から二十一世紀に行った人物がいるのではないかと。その人物はこの時代に罪を犯して逃げて行ったか、そうでなければ、二十一世紀では高齢になりながらも、まだ犯罪を続けているのかもしれません」

「誰か心当たりはないですか」

ボーンと時計がひとつ鳴る。午前二時三十分の鐘だった。

自分のデスクに掛けたまま、柏村は、そこに並べた大学ノートに目を移す。そしてしばらく考えてから、ようやく重い口を開いた。

「奇妙な話だが……未来から来たと言うきみたちが目の前にいるのでは、信じないわけにもいかん……誠に奇妙な話だが……」

柏村は立ち上がり、デスクの後ろに造り付けになった棚を見た。そこに置いてあった菓子の箱を出す。

恵平は、心の中で『あっ』と思った。箱に見覚えがあったからだ。

柏村の遺品を調べたときに、毛髪と爪が入っていた箱だ。たぶん柏村は、大切なものを保管するために菓子の空き箱を使っているのだ。

柏村は箱をデスクに載せると、蓋《ふた》を開けて、中から茶封筒を取り出した。

「もっと奇妙なことが起きているには起きている。いま、この時代で、だ」

「日本橋川で見つかった警察官バラバラ殺人事件のことですね」

と、平野が言った。柏村はギョロリとした目で平野を見たが、黙っている。

「その事件は二十一世紀でも未解決です。その後こっちの時代では、次々に奇妙な事件が起きた。柏村さんが刑事をしていた頃にいた野上署で、刑事が一人行方不明になってますよね？　そちらは事件としての記録すらありません。もうひとつ、その警察署に出入りしていたカストリ雑誌の記者が惨《むご》い亡くなり方をしている。この三件はどれも未解決です」

柏村は、「ふぅーっ」と長いため息を吐いた。そしてようやく話を始めた。

「行方不明の刑事は永田哲夫という。駆け出しのころ、野上署で私が指導していた男だ。血気盛んで、野心家で自信家。刑事の特質としては危ういが、若さ故にそういうことはある。ただ、慎重に育てて行くほうがよいと、私自身は思っていた。ところが、誘拐事件が起きて彼を居残りにさせたとき、一本の通報があって……図らずも新前刑事を殺人現場へ連れて行ってしまった。きみたちには話したね？　ホルマリン漬けにされた少年の事件だ」

　その事件のことは知っている。犯人の親は息子をなんとか矯正しようともがいていた。高橋祐介の父親は、息子の犯罪を隠すことに躍起になった。

　柏村は続けた。

「初めての現場であんな事件と遭遇する……まあ、それが警察官という仕事だが、永田くんの場合は自分に自信がありすぎたから、その後の葛藤《かっとう》が手に取るように見えた。行方不明になった刑事は彼なんだ」

　恵平は平野を見た。そうか、これでつながった、と思っているような顔をしていた。

「少年バラバラ事件のあとで、永田くんの様子は明らかに変わった。私自身はその後でこちらへ異動してしまったのだが、未来ある彼のことが心配だった。若いから犯行現場の床下へ潜らせたのだが、まさかホルマリン漬けにされた首を見つけることになろうとは……その後も彼は拘置所へ犯人を訪ねたりして、衝撃をなんとか乗り越えようと苦しんでいたようだ」

「その人は、どうして行方不明になったんですか？」

「わからんのだ」

　と、柏村は言った。

「ただし、同じような失踪《しっそう》事件は永田くんの一件が初めてではない。その経緯はまちまちながら、私自身は都合の悪い死体を処理する輩《やから》がいるのではと疑っている。永田くんの場合、失踪前の行動を探って類推するに、警察官バラバラ殺人事件で被害者の警察官が暴漢に襲われるのを偶然目撃したのではないかと思う。それで犯人が永田くんを連れ去ったとか」

「根拠はなんです」

と、平野が訊いた。

「うむ。殺害された警察官の殺害場所がわかったからだ。その場所へ同じころ、永田くんが失踪した女生徒を捜しに行った可能性がある。中野駅の裏側の畑の中だがね。農作業小屋の内部に微細な血痕《けっこん》が残されていた。これがバラバラにされた警察官と同じ血液型だったんだ」

その話は桃田がしていた。

「周辺で畑の持ち主の子供が一人、行方不明になってるんですよね」

「そんなことまで知っているのか――」

柏村は驚いた顔をした。

「――実はそうなんだ。畑の持ち主の子供については、小屋にいた不審人物を目撃したため連れ去られたのではと疑っている。近くに住む老婆が、子供が失踪した夜に、子供を背負った小太りの男を目撃している。このとき、子供がすでに死んでいた可能性もある。しかし、小太りの男も子供の遺体も見つかっていない。永田くんとおなじにね」

「永田刑事は亡くなっていると思うんですね」

「血痕の量と、現場の状況からしてそうだろう」

「それは本人の血液ですか？」

恵平が訊くと、柏村はやや遺憾そうに、

「永田くんと同じA型だ」

と、答えた。

「捜査を疑っているわけじゃないんです。でも、たとえば自分の血液を備蓄しておいて、偽装のため現場に残すとか、A型の貯血を使うとか、そういうこともあるかと思って」

柏村はハッとしたように唇を結んだ。

「きみたちの時代になると、そういうことまで起きるのか」

「まあ、いろいろと起きていますが、鑑定をすれば本人のものかわかります。でも、この時代はどうかなあ。血液型だけで見分けるのなら、他人の血でもいいわけですよね。同じ血液型でありさえすれば」

——素人ではない。プロの仕業だ。人の死に慣れた者。死人をよく知っている者。

それは誰か——

永田の下宿を見た瞬間の直感を、柏村は思い出す。それは人の死に慣れた者。死人をよく知っている者だ。若い二人が身体に纏《まと》った不快な臭いが鼻を衝《つ》く。茶封筒を握る手が微《かす》かに震え、ここではないどこかを見るような目で、

「……怪物を生んだのは自分かもしれない」

柏村は呟《つぶや》いた。

恵平と平野は顔を見合わせ、恵平が言う。

「心当たりがあるんですね？　話してください。それは何ですか？　柏村さんは、息子さん同様に人が消える事件について、ずっと捜査してきたのではないですか」

柏村は恵平に目を向けて、

「和則のことも調べたのか」

と、責めるような口調で言った。

「和則のことについては今も心を痛めている。生きているのか死んでいるのか、それ

すらもわからないというのは生殺しにされたようでね。心の置き場がないのだよ。何があったか、どんな目に遭ったのか、いかに残虐な事実であっても、知りたいと家族は思う。私がそれだ。ただ真実を知りたいのだよ。だから、他の人たちの気持ちがわかる。突然身内が消息を絶ったまま、事件にもならない人たちの気持ちがね。ただし自分は警察官だから、憶測で物事を判断することはできないし、それをきみたちに伝えることもない」

「毛髪と爪の持ち主には心当たりがないんですか」

平野が訊《き》くと、柏村は首を左右に振った。

「さっきも言ったが、毛髪も爪も集めていない。ただ、未来へ逃げた人物にも心当たりはなかったのだが……一人だけ……」

と、柏村は茶封筒を開けた。

「スープのようになって死んだ明野の爺《じい》さんについては、ここに証拠を持っている」

そして二人に苦笑した。

「きみたちのその臭いだが……」

何度目かに顔を見合わせ、恵平は恐縮した。

「ごめんなさい。今日は現場帰りで、臭いを背負ってきてしまい」

「いや、責めているわけじゃない。未来へ逃げた人物について、きみたちの話と、その臭いで気がついたことがある。もしかすると、未来とここがつながる理由はこれかもしれん」

そう言って茶封筒の中身を見せた。

油紙に包まれた服の切れ端と、煙草の吸い殻だ。

煙草は高級な銘柄ではなく、安っぽいフィルターのものだった。服はボロボロになっていて、灰色の付着物がある。

「昨年のことになる。きみがさっき言っていたカストリ雑誌の記者が死亡したのだ。近隣の署では『明野のジジイ』と呼ばれた爺さんだがね、こいつが永田を追いかけていた。少年バラバラ事件で口を滑らせ、永田が現場の様子を話したからだ。

明野はそれを記事にして売り、相当の稼ぎをしたらしい。その後もしつこく永田に張り付いて、物見高い連中が喜びそうなネタを探していた。もっともこの爺さんは、野上署だけでなく、どこの署にも顔を出して煙たがられていたのだが……何があったか、コンクリートミキサー車に放り込まれて殺された。今にして思うと不思議なことはもうひとつあるんだ。明野殺しの地取り捜査をしていくなかで、殺害される少し前、爺さんが現金をすべて金《きん》に替えていたことがわかってね。捜査本部はこの金塊を奪う目的で爺さんが殺害されたと睨《にら》んでいる。金塊が消えているからだ。だが、どうしてわざわざ金に替える？　きみたちの話の通りならば説明が付く」

柏村はそれを封筒に戻して平野に渡した。

「未来へ持って行っても換金できるからですか？」

柏村は頷《うなず》いた。

「その爺さんは何者なんだ？　柏村さんは、どうしてこれを持っていたんです？　彼を疑っていたんですよね」

「いや、そうじゃない。疑ってなどいなかった。他の理由だ。爺さんの死体は、肉団子どころかスープになっていたからね。遺族に渡してやりたいと、爺さんが勤めていた出版社へ出向いて遺品を探したが、あったのは灰皿と煙草の吸い殻だけだった。

便宜上それを持ち帰り、ミキサー車から出てきた服の切れ端と一緒に保管していた。墓に入れるものが何もないでは、遺族も心の拠《よ》り所がなかろうと思ったからだが、結局遺族は見つからず、私自身で無縁塚に入れてやるため保管していた。

爺さんはいつもそのツイードの上下を着ていたが、きみたちの臭いを嗅《か》いで、死体は本当に爺さんだったのかと疑問が湧いた。明野は小柄で人を喰《く》ったようなジジイだったが、飄々《ひょうひょう》としていながら底冷えのする感じがあって、本官は不気味に思っていたし、信用してもいなかった。なぜなのか、その理由がいま、わかったよ」

柏村は顔を上げ、真っ直ぐに平野を見て言った。

「きみたちほどではないのだが、明野からはいつも同じ臭いがしていた。何の臭いかわからなかったが、その臭いだよ。調べてくれ。服の切れ端から鑑定できるか調べてくれ、吸い殻は間違いなく明野のものだが、もしも……」

「服のＤＮＡが本人のものじゃなかったら」

と、恵平は言った。

「明野という男こそ、あっちに来ている人物かもしれないってか」

平野は茶封筒を握りしめた。もしかして、それが『神経質な老人』かもしれない。高橋祐介と一緒にスナックにいた老人のＤＮＡと照合すれば、ターンボックスの尻尾《しっぽ》を摑《つか》める。それは過去から来た男だろうか。

「わかりました。調べてみます――」

と、平野は言った。

「――そして結果を伝えに来ます」

「その人がもしも私たちの時代に来ているのなら、私たちが捕まえます。そうできるように努力をします」

「そう単純ではないかもしれん。明野はけっこうな年寄りだからな」

柏村はまだ何事か考えている。

「きみたちが言うように、私が毛髪と爪を残したのなら、事件はそう単純ではないのだろう」

「どういうことですか」

「憶測でモノは言わんよ。調べてからだ」

「でも」

いますぐ教えてもらえなかったら、次は会えないかもしれない。恵平は言いかけて、口をつぐんだ。もう寿命がないことを本人に告げるのは残酷すぎる。

「なんだね？」

「……いえ」

「憶測でないなら言いなさい。なんだね？」

「いえ」

恵平はドギマギとして落ち着きがなくなった。思わず死期を告げそうになった自分を恥じて、耳まで真っ赤になっていく。それを見て平野が助け船を出した。

「さっき仰《おつしゃ》っていた怪物とは誰ですか」

柏村は恵平から視線を逸《そ》らし、遠くを見るような目をして言った。

「死んだ男だよ」

平野が首を傾げると、

「そうだ。もう死んだ男だ」

柏村はもう一度言って、自分の胸に手を置いた。

「きみたちはもう二度とここへ来てはいけない。結果は告げに来なくてよい。その代わり、きちんと捜査をして欲しい」

「でも」

「わからんのだ。こうしてきみたちと本官が会っていることが、どんな作用を生み出すものか、わからんだろう？　たしかに本官には執念がある。命を賭《と》しても明るみに出したい事件がある。だがね」

と、柏村は優しい目をして恵平を見た。

「若い君たちを巻き込むつもりは毛頭なかった。きみたちを呼んでいるのは本官ではない」

恵平は勇気を出して訊いてみた。

「じゃあ、誰ですか？　それを解決しなければ、もっと誰かが犠牲になるとわかっている、そんな事件があったらどうですか？　警察官なら阻止したいと思うのではないですか？」

「当然だ。本官、いや、警察官が救いたいのは、市井の人々とその暮らしだからね」

柏村の答えは腑《ふ》に落ちる。恵平はきれいな何かがスーッと胸の奥へ流れ落ちていくような気持ちがした。警察官が救いたいのは市民で、守りたいのはその生活だ。私たちはそのために警察官になったのだ。でも、じゃあ、柏村さんが本当に救いたい人は誰なんだろう。

「さあ帰りなさい。もうここへ来てはいけない」

柏村は立ち上がり、二人を出口へ追い立てた。

ボーン、ボーン、ボーン。と、柱時計の鐘が鳴る。犬の遠吠《とおぼ》えが一度だけ聞こえ、あとは静かな六月の未明だ。平野が先にドアを開け、振り返って頭を下げた。

恵平もピョコンとお辞儀して、交番を出るとき、柏村が訊《き》いた。

「こういうことを訊《たず》ねるのは、ずるいかもしれんが」

振り返ると、柏村は交番の明かりを背負って照れ笑いしていた。

「私の家族は息災かね？　その……きみたちの時代では」

「肇さんは弁護士になられました。娘さんたちもそれぞれご結婚されて……」

すでに故人になっていることは言わずにおいた。

「お子さんもいて、奥様は柏村さんのことをずっと慕っておいでだったようです。奥様やお子さんたちが資料を大切にしてくださったから、柏村さんの捜査資料が私たちにつながった。群馬の家にお住まいでしたよ」

柏村は「そうか」と言っただけだった。

車道を突っ切り、歩道に渡って、恵平と平野は地下道へ入る。もう一度振り向いたとき、うら交番は戸が閉まり、その上に丸くて赤い電球が点《とも》っていた。

「平野先輩」

と、恵平は言った。

「私の予測は外れていました。でも、柏村さんの救いたい人って……」

「ああ」

と、平野も静かに答えた。

「もう死んだ男と言ったよな。それは明野って爺《じい》さんのことか？」

「違うと思います。あの様子からすると、違うと思う」

平野は立ち止まり、恵平を見つめて言った。

「俺もそう思う。『怪物』のことじゃないのかな……それを生み出したのは自分だと、そう言った時の柏村さんの表情を見たか？」

「見ました。私も同感です」

「……怪物ってのは誰なんだ？」

呟《つぶや》くように平野は言って、また歩き出す。

過去と現在をつなぐ通路が閉まるまであとわずか。こちらの世界も、柏村が殉職するまで二ヶ月を切っていた。

エピローグ

二十一世紀の東京へ、恵平と平野が無事に辿《たど》り着いた日の朝は、メディアもプレスも大騒ぎになっていた。

【栃木の山林で腐乱死体発見！　都内で行方不明の女子高生か】

【連続猟奇殺人の疑い　おぞましき『戦利品』が並ぶ犯行現場】

【広域殺人　合同捜査本部が始動】

新聞にもネットニュースにも扇情的な見出しが躍り、山林で遺体を捜索する捜査員らの写真が載せられた。キノコを採りに来た男性が臭いに気付いて通報したと書いている記事もある。けれど、大衆の興味を煽《あお》る見出しのわりに記事の内容はとても薄くて、腐乱死体が見つかったこと以外の情報はほとんどなかった。

丸の内西署では、警察官らを前に署長が異例の朝礼を行って、このおぞましい事件について言及した。署長は誇らしげに胸を張り、二十一世紀の刑事警察は必ずやこの難事件を解決するだろうと語気を強めた。そして、社会生活を脅かす犯罪撲滅のため全署をあげて栃木県警合同捜査本部に協力すると宣《のたま》った。

朝礼のあと、恵平はいつものように交番勤務に就き、いつものように道案内や、落とし物の相談や、パトロールなどの雑務に追われた。そして夕方のこと。

休憩時間を終えた山川が、恵平の近くへ来て囁《ささや》いた。

「高橋慶蔵《けいぞう》元代議士ってさ、八重洲口で死んだ男性のお父さんだよね？」

立番《りつばん》から交番内へ戻ったばかりの恵平は、麦茶を飲む手を止めて山川を見た。

「そうなんですか？　すみません。政治関係には疎くって……」

そして、「その人がどうかしたんですか？」と訊いた。

休憩時間外はロッカーに戻さなければならない自分のスマホを、山川は通行証よろしく恵平にかざした。ＳＮＳに投稿された地元ニュースの記事が載っている。

【防波堤から車が転落　高橋慶蔵氏が事故死】

恵平は山川のスマホを借りて記事を読んだ。速報で入ったニュースのようだ。

――午後三時過ぎ　児島《こじま》湾フェリー乗り場近くの防波堤から車が落ちるのを見たと

１１０番通報があった　消防と警察が駆けつけたところ　海底に黒い乗用車が沈んでいるのを発見し　救助に当たったが　運転手の男性はすでに死亡していた　男性は元国会議員で地元の名士高橋慶蔵氏と判明した　運転操作を誤って海に転落したものとみられている——

「ね？　そうだよね？」

山川が同意を求めてくる。

間違いないと恵平も思った。目の前で固定電話がけたたましく鳴り、受話器を上げて交番の名前を告げる前に、

——高橋祐介の父親が自殺しやがった——

と、平野が言った。

——車で海に飛び込んだんだ。那須に所有している土地のことで話を聞きたいと連絡したときは友好的に応じていたらしいが、そのあとトンズラこいて、行方をさがしていたんだよ——

「たった今、山川先輩にネットニュースを見せてもらったところです。自殺ですか？」

——通報者が見てたんだからな。ノーブレーキで突っ込んだらしい——

恵平は、受話器を持つ手に力を込めた。

「それじゃ……事件はどうなるんですか」

悔しそうな平野の息づかいが聞こえる。もしくは落胆のため息なのか。

――金の動きは追えると思う。コンテナ内部の血痕《けっこん》から被害者の特定も可能だ。だけどそれがわかっても、被疑者死亡で送検できるのは高橋祐介だけ。事件として立件できるのも、最後に殺害された女子高生だけかもしれない。高橋祐介の身辺を調べたが、ヤツは車を所有してないんだ。レンタカーを借りた形跡もない。ところが女子高生が消えた前後に新東名のオービスで、祐介の運転する車が速度超過で撮られていたんだ。黒塗りの高級車。父親と一緒に海に沈んだ車だよ――

恵平は、思わずデスクを叩《たた》いてしまった。

「なんてこと……やっぱり、父親が加担してたんですね」

――加担したとは言えないまでも、息子の犯行を知っていたのは間違いなさそうだ――

平野はそこで言葉を切って、「ちょっと電話を替わるわ」と言った。

「え？」

すると、平野ではない誰かが電話に出た。

——『資料課』の浦野です——

と、静かな声で相手は言った。

「……あ。どうも」

モップをかぶったようなヘアスタイルで、元刑事というより学者のような風体で、けれどもときおり見せる眼光が妙に鋭い彼の姿が頭に浮かぶ。

——ほんとうに世話になったね——

大先輩がそう言ったので、恵平は恐縮してお辞儀した。

「いいえ。あの、その……とんでもありませんっ」

山川が不思議そうな顔で見ている。恵平は俯《うつむ》いて強く受話器を握った。

——女子高生の遺体を発見してくれたそうだね。失踪《しっそう》した外国人女性の遺品も残されていた。私の資料も役に立ったよ。感謝している——

「それは浦野さんが執念で追いかけていたからです。もしもお話を聞かなかったら、私たちが那須へ行くこともありませんでした」

浦野はふっと笑ってから、

——ともあれ、これで彼女たちの遺品を故郷に帰してやれる——

と、言った。供養のためにカストリ記者の服の切れ端や吸い殻を保管していた柏村と、浦野の姿が重なった。それは決して美談で終わらない。銀の十字架や遺髪が手元に戻ったとき、遺族は日本を罵《ののし》るだろう。捜査してくれなかった警察を責め、やり場のない怒りをぶつけてくるはず。喪《うしな》った家族を思い出し、その身に起きた惨劇に戦慄《せんりつ》して、運命と、誰より浦野を憎むだろう。けれど浦野はそれをする。偶然すれ違った一瞬に彼女を守れなかった自分のために。刑事という職業の誇りのために。

刑事って凄《すご》いな、と恵平は思う。刑事って、ホントに凄い。

電話は再び平野に替わった。

――話はまだ終わってないぞ。高橋祐介が借りてた事務所の掃除業者が見つかったんだ。それでな、ケッペーが言ってたように、とんでもないものが見つかった――

自分は何を言っただろうかと、恵平は考えた。事件自体が想像の限界を軽く超え、何が何やらわからなくなってくる。恵平の気持ちを知る由もなく、平野は続ける。興奮のためか、いつもより早口になっていた。

――父親から事務所の物は一切処分してくれと言われてたようだけど、幸いにもまだ処分されずに清掃業者の倉庫にあったんだよ。トンデモねえのがザクザクと……――

そして平野は「なんだと思う？」と、恵平に訊《き》いた。

「なんですか？　想像するのが怖いんですけど」

正直に言うと、フンと鼻を鳴らして、

――金髪のビニール製人形だ。それが大量に箱に詰められていたそうだ。業者がトラウマになるほど無残で異様な状態だったというから、俺はもう想像するのをやめた。こんなこと、被害者の遺族には絶対言えない。ああ……――

と、平野は震えるようなため息を吐く。

――クソ！　今も全身に鳥肌が立って、感情の持って行き場がないんだよ――

恵平は痛ましさに顔を歪《ゆが》めた。想像することは自分もできない。それについて考えようとしても心が拒否する。だから恵平は無言でいた。

――……今後は、捜査陣がどこまで頑張って、全容解明できるかどうかだ――

「ターンボックスについてはどうですか？　そういう話はまだ出ていないんですよね」

――班長が捜査陣に浦野さんを紹介したから、浦野さんがやるだろう――

そばに立つ浦野に、平野が目を向ける姿が想像できた。そのあと二人で話す声がしたので、恵平は会話が終わるまで待った。やがて平野が、

――あー……――

と、言ったので、

「なんですか？」

と、恵平は訊《たず》ねた。

平野の声のトーンが変わる。自分のデスクに肘《ひじ》をつき、送話口を覆っているようだ。

――うら交番の秘密については、浦野さんが調べてくれるとさ。本家本元の『資料課』なんだし、ピーチがコソコソ調べなくても、データ以前の資料がすべて揃っているからな――

「え、それってすごい、すごいじゃないですか」

浦野に感謝する平野と、「なんの」という浦野の声が聞こえた。

――昭和三十五年の人質立てこもり事件、カストリ記者のミンチ事件、永田刑事の事件。今のところはこれくらいでいいか？――

奥で浦野が「お手柔らかに」と言う。恵平は胸の奥が熱くなってきた。平野は浦野に笑ってから、恵平に向かって、

――報われるといいな――

と、静かに言った。

ほんとうにそうなるといい。自分と平野先輩だけのことではなくて、独りでコツコツ続けてきた浦野さんの捜査が報われることで、怪物を追う柏村さんや、うら交番の

謎が解けるといい。現代と過去がつながる理由が、誰かを救うためだったらいい。そして柏村さんの義理の息子や、消えた人たちの身に何が起きたかわかるといい。

生きているのか死んでいるのか、それすらもわからないのでは心の置き場がないと柏村は言った。いかに残虐な事実であっても知りたいと、家族は思うものだと言った。知りたいのなら、調べなければ。遺族は悲しみと向き合うことでしか、苦しい一歩を踏み出せない。それをするのも私たちの仕事だ。

平野の奥で、浦野と浅川、河島班長の声がする。会議か何かが始まるのだろう。慌ただしい雰囲気を感じた。

――じゃあな。詳しいことはまた後だ。ちなみに、柏村さんから預かった洋服の切れ端と煙草の吸い殻は、ピーチが鑑定に回してくれた――

「はい」

答えると、電話を切る前に平野が訊いた。

――ケッペーは大丈夫か？――

大変なのは平野先輩のほうだろうに、その声があまりに優しくて、恵平は胸が詰まった。そしてやっぱり刑事を目指したいと思った。柏村や浦野や平野のように、真摯《しんし》に事件と向き合いたい。そういう刑事になりたいと。

「大丈夫です。私だって警察官ですから」

恵平は電話を切った。浦野の感謝が胸のあたりに残されていて誇らしく、勲章をもらったような気がした。そして、すべてがうら交番の謎へ向かって一直線に流れ始めたことを感じた。わからなかった事件については浦野が調べてくれるという。柏村も、あちらの時間軸で謎を追う。

あちらとこちら、二つの線が交わったとき、そこに現れるのはなんだろう。

怪物。

それは高橋祐介と、その父親のようなものだろうか。それとも、正体はただの人間なのか。柏村が救いたいのが怪物だとして、柏村は、どうやってそれを救うのだろう。私たちの役割は？　メリーさんのお守りを、恵平は服の上から両手で押さえた。無意識に唇を嚙《か》んだまま顔を上げると、交番の外から中年男性が覗《のぞ》き込んでいた。丸顔で頭の禿《は》げたその人は、恐縮しながらこちらを見ている。

向こうが頭を下げたので、恵平も会釈した。

山川が交番の扉を開けると、男性は窺《うかが》うように首を伸ばして恵平を見て、

「あのぅ……すみません……お姉ちゃんお巡りさんというのは、こちらの交番の」

と、言いかけた。山川が振り返り、恵平は考えた。自分を『お姉ちゃんお巡りさ

ん』と呼ぶのはメリーさんだけだ。

男性は、風呂敷《ふろしき》に包んだ四角い箱を持っていた。そのまま交番に入ってくると、

「突然すみません。私は兎屋という餅《もち》菓子の店をやっている者で、柏木といいます」

「あっ」

恵平は声を上げてカウンターを出た。そして男性の正面に立つと、

「もしかして、メリーさ……柏木芽衣子さんの」

「息子です」

と、男性は言った。再度深々と頭を下げる。酔っ払っているわけでもないと思うが、寝不足でもしているように目の縁が赤くなっていた。

「母が色々とお世話になりまして。こちらの交番の『お姉ちゃんお巡りさん』と、『クマさんみたいなお巡りさん』に……」

「あ、それ、ぼくのことだと思います。山川です」

「私は堀北です。メリーさんはお元気ですか」

はあ。と、男性は言いながら、風呂敷包みを解いて、和菓子の箱を取りだした。真っ白な熨斗《のし》が掛かっている。

「これはうちで作っている豆大福ですが、皆さんで召し上がって頂けたらと」

そのあしらいの寂しさに山川は若干戸惑いながら、

「大好きです。堀北も好きだよね」

と、控えめに喜んだ。恵平は息子さんが来た理由に胸騒ぎがした。

「それはよかったです。先代から受け継いだ味で、今は私と家内が作っていますが……母が、お巡りさんたちはきっとこれがお好きだからと」

どうぞ、と男性は山川に菓子を渡した。

「あの。メリ……芽衣子さんは、お家へ戻ったと聞いていますが」

恵平がもう一度訊くと、男性は風呂敷を畳みながら頷《うなず》いた。

「はい。戻って……入院していましたが」

「え？」

と、言ったのは山川だ。男性は顔を上げ、切なそうに眉尻《まゆじり》を下げた。

「ガンだったんです。子宮ガンで、わかったときには末期でした」

「……そん……な」

恵平は泣きそうになる自分を堪《こら》えた。

心のどこかで怖れていたことでもあった。あの夜、メリーさんに寄り添うご主人の姿を見たときから。ご主人と目が合って、瞳《ひとみ》を覗き込んだときから。

「年も年でしたから、進行が遅かったのですが……実は……ホームレスをやりたいと言い出したときに、わかっていたことでした」

　そうだったのか。ポカンと口を開けたまま、恵平は言葉を失った。

「そのときで半年と言われていましたが、抗がん剤をやりながら、寛解《かんかい》したように思えたときもありました。でも、最近はとみに弱ってきていて、頼むから家に帰ってくれと説得をしていたんです」

　男性は唇を嚙み、スンと音を立てて洟《はな》を啜《すす》った。

「ああ見えて頑固な母ですから、言い出したら聞かなくて……でも、思い残すことはないと、突然家に帰ってきました。外にいたときはしっかりしていたんですけど、帰ったとたんにガックリとして……」

　昨日未明に逝《い》きました。と、彼は言った。

　恵平は、足下からくずおれそうになった。

「……え……じゃあ」

　と、山川が言う。

「はい。最期はとても安らかでした。こちらの交番の方々には大変お世話になったそうで、今、家のほうは葬儀の準備で大わらわになっていますが、そちらのほうは弟に任せて私がお礼に参りました。母からも、もしも何かあったときには一番に交番と、あと、靴磨きの人に知らせて欲しいと言われていたので。そうしないと皆さんが心配して自分を探すだろうからと……ですから……ほんとうに、あの……ありがとうございました」

深々と頭を下げられたとき、恵平は堪えきれずに涙がこぼれた。

勤務中だというのに、山川も目の縁を真っ赤にしている。

上田紬《つむぎ》のお土産を、まだ渡してもいないのに。そばにご主人がいたことを、伝えることもできてないのに、メリーさんは逝ってしまった。

それは東京駅おもて交番と、その管轄区内に空いた大きな穴だ。穴は恵平や山川の心にも空いて、すうすうと風が吹き抜けた。

「私たち……」

恵平は拳《こぶし》で涙を拭《ぬぐ》って言った。

「メリーさんにたくさん助けてもらいました。メリーさんの含蓄ある言葉と、凛《りん》としてブレない生き様と、なにより笑顔に」

恵平は「ひくっ」とすすり上げてから、声が震えてもかまわず言った。

「助けてもらったのは私のほうです、私のほうで……わた……わたし……メリーさんが大好きでした」

「ぼくも。うちの交番の警察官も、鉄道警察隊の連中も、丸の内西署の仲間も、メリーさんが好きでした。お礼を言うのはぼくらのほうです」

男性は驚いて目を丸くした。

「そんなふうに言っていただけるとは思ってもみませんでした。てっきりご迷惑をかけていたとばかり……」

「違います。みんなメリーさんが大好きでした！　あ、すみません。芽衣子さんが好きでした」

彼は涙を流して笑い、

「それではこれで」

と、頭を下げた。

「心からお悔やみ申し上げます」

先輩らしく山川は言い、恵平は無言で頭を下げた。

床に涙が何粒もこぼれ、彼が交番を出ていったとき、恵平はしゃくり上げて洗面所に走って行って、ハンカチを水で濡《ぬ》らして目を拭《ふ》いた。両目は赤く充血し、鼻の頭も赤かった。こんな顔で勤務はできない。交番へ来る人たちにこんな顔を見せてはいけない。どんなにショックで悲しくても、頑張れ恵平、私は警察官だ。

鏡の自分を見つめると、背後でメリーさんが微笑んでいるような気がした。

お姉ちゃんお巡りさん。私、幸せだったのよ。

メリーさんは知っていたんだ。知っていて、その大切な時間の幾ばくかを、私に割いてくれたんだ。そう思ったらありがたく、そして無性に寂しかった。

もしやペイさんも知ってたの？　徳兵衛さんも知ってたの？　だからドライブに付き合ってくれたの？　私のために。

恵平は洟を啜った。

当然と思っていた日常は、確固としてそこにあるわけじゃない。

そして恵平は考えた。

死ぬわけにはいかないと。ジンクスの通りにはさせない。たとえ時間があまりなくても、平野先輩を死なせない。私自身も死んだりしない。

命を弄《もてあそ》ぶターンボックスや『怪物』を野放しにしたまま、私が先に死んだりしない。

「そうだ。頑張れケッペー」

恵平は自分に言った。鏡の中でメリーさんが、

——お姉ちゃんお巡りさんなら、きっとできるわ——

そう微笑んでいる気がした。

うら交番へ続く地下道が取り壊されるまであとわずか。柏村が殉職した日が迫り、ジンクスが切ろうとしている恵平の寿命も二ヶ月と少し。でも、恵平は覚悟を決めた。過去から来て現在に蔓延《はびこ》る悪の根元を絶つのだと。

……to be continued.

【主な参考文献】

『平成16年警察白書』警察庁（ぎょうせい）

『絵解き東京駅ものがたり 秘蔵の写真でたどる歴史写真帖』（イカロス出版）

『元報道記者が見た昭和事件史』石川 清（洋泉社）

『〈物語〉日本近代殺人史』山崎 哲（春秋社）

『ファッションと風俗の70年』（婦人画報社）

『東京駅の建築家 辰野金吾伝』東 秀紀（講談社）

『看板建築・モダンビル・レトロアパート』伊藤 隆之（グラフィック社）

『江戸東京たてもの園解説本：収蔵建造物のくらしと建築』東京都歴史文化財団

NHK 事件記者取材 note【目で容疑者を追い詰める〝ミアタリ〟捜査員の流儀】
https://www3.nhk.or.jp/news/special/jiken_kisha/kishanote/kishanote16/

職場のあんぜんサイト 労働災害事例 厚生労働省
https://anzeninfo.mhlw.go.jp/anzen_pg/SAI_DET.aspx?joho_no=101295

科学警察研究所 犯罪予防研究室 警察庁
https://www.npa.go.jp/nrips/jp/behavioral/prevention.html

本書は書き下ろしです。

この作品はフィクションです。
設定の一部で実在の事象に着想を得てはおりますが、
小説内の描写は作者の創造に依るものであり、
実在の人物、団体、事件等とは一切関係ありません。

TRACE《トレース》　東京駅《とうきようえき》おもてうら交番《こうばん》・堀北恵平《ほりきたけつぺい》

内藤《ないとう》 了《りよう》

角川ホラー文庫　23122

令和4年3月25日　初版発行
令和6年10月30日　再版発行

発行者―――山下直久
発　行―――株式会社KADOKAWA
〒102-8177　東京都千代田区富士見2-13-3
電話 0570-002-301（ナビダイヤル）
印刷所―――株式会社KADOKAWA
製本所―――株式会社KADOKAWA
装幀者―――田島照久

●お問い合わせ
https://www.kadokawa.co.jp/（「お問い合わせ」へお進みください）
※内容によっては、お答えできない場合があります。
※サポートは日本国内のみとさせていただきます。
※Japanese text only

ISBN978-4-04-111434-6　C0193　◆◇◇